小水獺的
日文魔法筆記

日文輕鬆
Level UP!

有趣漢字 X 慣用語 X 流行語

獺獺 / 著　　ミンMIN / 繪

推薦序
幽默又創新，
帶領初學者一窺日文奧妙！

Hiroshi

水獺是我一個很好的朋友，也是很傑出的創作者，他的社群貼文總是充滿創意，用各種詼諧的方式教會大家日文，短短幾年粉絲數就飆破十萬，真的令人敬佩。

這本書延續他幽默又創新的風格，帶領初學者一窺日文的奧妙，從我們很常誤會的漢字意思到有趣的日本文化、唸錯會尷尬的日文單字等非常精采，是一本不會讓人打瞌睡的日文教學書籍。另外書上都有美麗的插圖，讀起來賞心悅目讓人不自覺就看完了，非常推薦給對日文有興趣的大家喔。

（本文作者為口譯員及線上日文老師）

推薦序
想忘都忘不掉的日文學習

米薩小姐

每次看獺獺的創作,總在歡樂中又默默的記住了日文單字!?想忘都忘不掉的日文學習,就是獺獺的魅力w。

(本文作者為靈性導師)

作者序

繫好你的安全帶，
獺獺的日文列車準備出發！

首先，當然是跟翻開這本書的你打聲招呼。
你好，我是邊教邊學日文的小水獺！也可以叫我獺獺。

很開心以這樣的形式跟你見面。當你看到這段文字時，也代表這本書真的出版了！雖然寫書的過程中真的是打混摸魚了好一陣子（汗），每次看到出版社來問候都覺得自己很像沒寫作業的學生。（大家千萬不要學！）

想必你對日文有興趣才翻開這本書對吧？但，是不是既期待又怕受傷害？我超懂的啦！希望能找到<u>一本可以讓自己輕鬆學日文，而且不會越學越討厭，或是看到一半睡著（笑）</u>的書，對吧。

後來想想，既然市面上找不到讓我不會看到一半睡著的書（有沒

有可能其實是個人問題？），那乾脆自己寫好了。於是這次就讓我由一個**インスタ**（IG）創作者，化身為一個分享日文學習筆記的業餘作家，跟你分享我都是怎麼學習日文。

第1到4章的主題，主要圍繞在日本人常用的漢字。你應該也有發現，雖然有很多日文漢字看得懂，卻不一定是想像中的那個意思！有和中文相反的，也有完全霧煞煞看不出意思的，甚至日本人還會自己創造漢字！聽起來很有趣，對⋯⋯吧？

第5、6章的主題則是我平常會用諧音來記的單字，以及曾經因為講錯而鬧出笑話、容易搞錯的那些日文。也因為這些出糗的經驗，讓我對每次講錯的單字都一生難忘。希望你能繼承我的血淚史，不要再錯下去⋯⋯不然，可能要換我來笑你了。（笑一下都不行嗎？我都出賣自己給你們笑了欸，嗚嗚⋯⋯）

第7章則是日文常見的慣用語單元，其實就有點像中文的俗語，像什麼「偷雞不著蝕把米」之類的啦！而且不知道為啥，大家好像都很愛用動物來比喻！尤其日本很多的慣用語都跟「貓咪」有關！我隨便舉例好了，像是「**猫**（ねこ）**の手**（て）**も借**（か）**りたい**」，直接翻成中文是「連貓的手都想借了」。至於要借來幹嘛⋯⋯不會是抓老鼠吧？嘿嘿，不告訴你，翻到第7章的時候便能見分曉。（如果你翻到這頁就放回書架上，叫我情何以堪？）

第8章流行語的部分也還滿重要的，因為這是拉近你與日本人距離最快的方法。為啥這麼說呢？現在會講日文已經不稀奇，但要是你能說得更道地，絕對會讓對方大吃一驚！甚至會感到特別的親切。你想想看，如果有個外國人突然對你說「跨鯊小」是不是很接地氣呢？⋯⋯啊舉錯例子了，我是說，對方如果跟你講「笑鼠（笑死）、尊的（真的）」你會不會覺得他很酷、會想和他多聊一點呢？你說⋯⋯不一定⋯⋯？好，沒關係，那拿我過去的經驗來說吧。我跟日本人交談時，若在無意間穿插了流行語，他們都會露出一臉「你怎麼會知道」的驚訝表情，瞬間就又多了一個話題可以聊。所以，多記幾個沒有壞處啦，可以作為日文彈藥庫，哪天不小心就用上了。（要多不小心？）

第9章動漫語錄，身為一個（只能稱作業餘的）宅宅可以告訴你，動漫裡不少台詞都充滿哲理。不但能學日文，還能用來勉勵自己不管是在日文學習的路上，甚至是人生，都能勇往直前。同時會順便在章節裡偷推一些我喜歡的番！很多人應該以為我只看《鏈鋸人》，但其實不只啦，等你看下去就知道了！

最後壓軸的是第10章的「日文學習心法」。我會從接觸日文的契機、學日文的心路歷程、交換留學的起心動念慢慢談起，讓你知道我也有過和你一樣迷惘的經驗，並試著讓你不要獺上（不是錯字，是諧音哏）我走錯的路，以最有效率的方式學習日文！

這本書不單單是一本補充日文知識的工具書,更是幫你找尋屬於自己一套學習方法的魔法書!有時候學日文,沒了當初的一股衝勁和熱情,小宇宙本來就很難燃燒下去。所以我們才需要去創造一個獨一無二的故事!用故事包裝後的東西都會變得有趣,只要把自己也帶入故事中,就能夠達到沉浸式學習。這也是我想努力呈現給你的東西,也就是把日文徹底地融入你的人生篇章裡!(好像把自己講得有點厲害?)

接下來就趕快搭上獺獺的無限列車,繫好你的安全帶,邊飆車邊開心學日文!(咳咳……這可是一本非常正經的日文學習書,當然不可能會超速,大家別擔心!)

★さぁ、始(はじ)めようぜ!讓我們開始吧!★

推薦序

幽默又創新，帶領初學者一窺日文奧妙！　Hiroshi⋯⋯⋯⋯⋯002

想忘都忘不掉的日文學習　米薩小姐⋯⋯⋯⋯⋯⋯⋯⋯⋯⋯⋯⋯003

作者序

繫好你的安全帶，獺獺的日文列車準備出發！⋯⋯⋯⋯⋯004

第 1 章　漢字意思大不同 ①：很像不代表一樣
「嘘」不是叫你閉嘴，是「說謊的味道」！⋯⋯⋯⋯⋯⋯⋯012

第 2 章　漢字意思大不同 ②：有看沒有懂
「帝王切開」難道是遊戲大招？⋯⋯⋯⋯⋯⋯⋯⋯⋯⋯⋯⋯032

第 3 章　漢字意思大不同 ③：胡亂拼湊對
「邪魔」應該是某個魔王關 BOSS 吧？⋯⋯⋯⋯⋯⋯⋯⋯⋯050

第 4 章　和式漢字：沒有就自己創造！
「峠」到底是「山上」還是「山下（智久）」？⋯⋯⋯⋯⋯066

第 5 章　無厘頭諧音哏：大家最愛的左右腦記憶法
「きみが好き」是喜歡蛋黃，也是喜・歡・你！⋯⋯⋯⋯⋯078

CONTENTS

第 6 章　講錯差很多的單字：日文警察出動啦！
ビル（大樓）跟ビール（啤酒）只有一線之隔！ ……………… 104

第 7 章　日文慣用語：連貓的手都想借
「猫を被る」把貓戴在頭上居然能一秒「裝乖」？ …………… 122

第 8 章　日本流行語：一秒和日本人拉近距離
網路上常看到的「www」居然是在笑？ ……………………… 148

第 9 章　動漫語錄集：讓人可以前進下去的精神糧食
「必死に積み上げてきたものは決して裏切りません。」
你至今為止所累積的一切不會背叛你。 ……………………… 166

第 10 章　日文學習心法：開局決定你的學習效率！
「焦らなくていいよ！」
別急，持續累積經驗值，你也能成為勇者。 ………………… 204

大放送　我的學習小撇步 ………………………………………… 219

後記

找回最初的你，重新感受學習的熱情吧！ ……………………… 228

第1章

漢字意思大不同 ①
很像不代表一樣

「嘘」不是叫你閉嘴，是「說謊的味道」！

有接觸過日文的人一定知道，日常生活其實會出現非常多的漢字，對於會中文的人來說，只要搞定了五十音學日文就會相對變得簡單，比歐美人士來得吃香許多。甚至有人說過，對台灣人來說考N1比考N5來得容易。因為N5都是假名，而N1則會出現一堆漢字。

不過修但幾咧！這邊還是需要注意一件事：並不是所有漢字都跟中文意思相同的！隨便拿一個單字來介紹吧！例如日文中有個漢字叫「階段（かいだん）」，乍看之下可能會跟獺獺一樣納悶，想說：拜託，還不簡單！這不就和我們中文會說的「進入下一個『階段』」一樣，是用來表示level不同的「階段」的意思嗎？

嘿嘿嘿……要是這麼想的話，可就大錯特錯啦！

這個章節就先來跟大家分享有哪些和中文很像，但意思完全不同的日文漢字單詞吧！

「階段（かいだん）」：實際上是中文裡「樓梯、階梯」的意思喔！這邊的「階（かい）」其實就是「樓」的意思，例如「5樓」日文會說「5階（ごかい）」。而爬樓梯則會說成「階段（かいだん）を上（のぼ）る」。

那那那……所以中文的「階段」，日文又要怎麼說咧？問得太好啦！馬上來揭曉謎底：只要把日文的「階段（かいだん）」倒過來，變成「段階（だんかい）」就是中文「階段」的意思囉！是不是超簡單！（這些單字算是特例，不代表所有中文漢字倒過來都會是日文喔！）

かいだん

第1章　漢字意思大不同①：很像不代表一樣

以下再來跟大家介紹類似的例子：

狼人的日文，也是倒過來讀做「**人狼**（じんろう）」，可能日本的狼人身體超過一半是狼的關係……？隨便猜的啦！

其他還有像：

事物的日文，是倒過來的漢字「**物事**（ものごと）」
偵探的日文，是倒過來的漢字「**探偵**（たんてい）」。
命運的日文，是倒過來的漢字「**運命**（うんめい）」。
語言的日文，是倒過來的漢字「**言語**（げんご）」。
演講的日文，是倒過來的漢字「**講演**（こうえん）」。
率真的日文，是倒過來的漢字「**真率**（しんそつ）」。
雜亂的日文，是倒過來的漢字「**乱雑**（らんざつ）」。
健壯的日文，是倒過來的漢字「**壮健**（そうけん）」。
攀登的日文，是倒過來的漢字「**登攀**（とうはん）」。
敏銳的日文，是倒過來的漢字「**鋭敏**（えいびん）」。
痛苦的日文，是倒過來的漢字「**苦痛**（くつう）」。
熱情的日文，是倒過來的漢字「**情熱**（じょうねつ）」。
聲音的日文，是倒過來的漢字「**音声**（おんせい）」。
介紹的日文，是倒過來的漢字「**紹介**（しょうかい）」。
威脅的日文，是倒過來的漢字「**脅威**（きょうい）」。

限制的日文，是倒過來的漢字「**制限**（せいげん）」。
界限的日文，是倒過來的漢字「**限界**（げんかい）」。
順從的日文，是倒過來的漢字「**従順**（じゅうじゅん）」。
收買的日文，是倒過來的漢字「**買収**（ばいしゅう）」。
減輕的日文，是倒過來的漢字「**軽減**（けいげん）」。
糾紛的日文，是倒過來的漢字「**紛糾**（ふんきゅう）」。
過濾的日文，是倒過來的漢字「**濾過**（ろか）」。
會面的日文，是倒過來的漢字「**面会**（めんかい）」。

好像一口氣舉太多例子了，不過這都是在考試時常常寫錯的例子，大家一定要好好記起來才不會跟獺獺犯上一樣的錯誤⋯⋯嗚嗚。那我們再說回其他跟中文意思不同的漢字吧！

「**深刻**（しんこく）」：請注意這個字可不是「印象深刻」那麼簡單喔！其實在日文裡是「**嚴重**」的意思。可以想成因為這件事很「嚴重」所以印象很「深刻」！

「**勉強**（べんきょう）」：這一看就跟字面上差不多啊！不就是勉強或忍耐的意思嗎？錯！日文意思可差了十萬八千里！這裡要解釋為「**讀書、學習**」喔！放心啦⋯⋯這個單字超級好記，「讀書」這種事真的不能「勉強」自己去做，想玩的時候就放心去玩就對了！（這樣亂教好嗎？）嘿嘿你看，這不就馬上記住了嗎？

那中文裡真正的「勉強」要怎麼說呢?可以用「**無理(むり)する**」,意思是「**忍耐、勉強**」。最常見的用法就是「**無理(むり)しないで**」(**不要勉強**)。

「**真面目(まじめ)**」:看清一個人的時候,中文常會有一種說法是:「終於看清你的『廬山真面目』了!」。但日文的「真面目」可不是識破對方馬腳的意思!這邊的話是指「**認真、正經的**」。也能理解啦,正經起來就會看到臉上會有著認「真」的「面」貌對吧!而中文的「真面目」可以說成「**真(しん)の姿(すがた)**」。

「**白目(しろめ)**」:欸我先說,這邊可不是在罵人啊!大家想想什麼時候我們會想翻白眼?就是當對方做出傻眼的行為時,會讓你想要瞪他,冷眼以對的感覺。現在網路上有一個更可愛的用法,就是在每一句話最後加上「(白目)」。有點像我們說的「**無奈、傻眼**」。例如今天上課遲到了,就可以在網路發廢文說:「今天又遲到了啦(白目)」。然後據說一定要記得要加上括號,才會

有畫面感喔！那如果真的想說某個人「很『**白目**』」，可以用「空気（くうき）が読（よ）めない」，來形容一個人不會看場合（**不會讀空氣**）。

「携帯（けいたい）」：完蛋，這次真的完全看不出來意思耶⋯⋯攜帶是要攜帶什麼東西啊？還是就指「攜帶」本身這個動作呢？答案都不是。其實它是有一個全名的，叫作「携帯電話（けいたいでんわ）」。馬上就能看出這是「**手機**」的意思了對吧！而後來因為方便稱呼，日本人又把「携帯電話」再縮短了一點，便有了現在「携帯」的用法。不過現在的智慧型手機通常都不會叫「携帯」了，會用「スマホ」這個字（smartphone，スマートフォン的簡稱）。

けいたい

「嘘（うそ）」：喔⋯⋯所以是嫌太吵叫獺獺不要講話是嗎？那看來一定是指「叫人閉嘴」的意思！
咦？聽說這次猜對了？⋯⋯沒想到居然是假消息，獺獺根本沒猜對，是剛剛的人說了「**謊話**」！難道⋯⋯真正的意思就是「**謊言**」嗎？原來是用這種方式來暗示獺獺啊！

另外，日本人也會用在不小心講錯什麼的時候，例如不小心跟同學講了錯的數學題答案，這時候也會說「うそうそ」（**我講錯了**）在日常對話中不一定都是代表說謊喔！順便補充一下中文的

「嘘！」在日文也是可以直接講『しーっ！』，也可以說「静（しず）かにして」（請安靜）或是粗魯一點的「黙（だま）れ！」（閉嘴啦）。

「放送（ほうそう）」：我知道我知道！就跟路邊看到的廣告招牌一樣，是指○○大放送的那種超好康活動對吧！
欸！？怎麼又錯了啦！居然是指「廣播、播報」的意思……。例如比較常見的像是「ニュース放送（ほうそう）」，就是「新聞播報」；或是「中継放送（ちゅうけいほうそう）」，俗稱的「轉播」；還有一個也很常在YouTube會看到的「生放送（なまほうそう）」就是「現場直播」喔！噢，對了，剛剛還提到「新聞」，日文的「新聞（しんぶん）」其實是報紙的意思，「ニュース」才是新聞。

「打算（ださん）」：「你這週末『打算』幹嘛？」這裡千萬不要跟日文漢字的「打算」搞混了！如果是中文「計畫、要做什麼什麼」的那個「打算」，在日文會說「つもり」。那日文漢字的「打算」呢？

這裡是「**盤算、算計**」的意思喔！有點可怕……不過這個也很好記，用「你『打算』做什麼壞事？」就可以聯想到啦！

「喧嘩（けんか）」：請勿大聲「喧嘩」，有點不一樣，但接近了！中文的「喧嘩」就是很吵，什麼時候會很吵呢？「**吵架**」的時候啊！「喧嘩＝吵架」就這樣記起來囉！想必大家應該也有聽過一句話叫「喧嘩上等（けんかじょうとう）」，可不要再以為是越大聲越好的意思，實際是「好膽你就來灣家」（**吵架隨時奉陪**）！至於中文裡頭的「小孩在『喧嘩』」的「喧嘩」，日文可以使用「騷（さわ）ぐ」這個動詞喔！

「切手（きって）」：欸不要動不動想不開啊！幹嘛要切手！沒有啦大家不要緊張，雖然字面上看起來有點可怕，不過實際上它只是一張可愛的小「**郵票**」喔。原來只是虛驚一場！另一個也很像的單字叫「切符（きっぷ）」，聽起來很像在施什麼符咒，但它也只是一張可愛的小「**車票**」喔！

きって

第1章　漢字意思大不同①：很像不代表一樣　　019

「**適当**（てきとう）」：到底怎麼做才是「**適當**」的呢？算了，不想了，隨便做一做就好。「**隨便**」……做一做……就好……？咦？「**隨便**」好像就是「**適当**（てきとう）」的意思欸！話雖如此不過好像介紹的有點太「**適当**（てきとう）」了一點。

「**可能**（かのう）」：中文的「**可能**」感覺是帶有一種不確定性，但日文剛好相反！日文的「**可能**」其實就是「**做得到、可以**」帶有肯定的意思喔！「**かもしれない**」才是中文「**可能**」的意思！

「**老婆**（ろうば）」：日本人如果看到台灣人叫自己的另一半「**老婆**」一定會嚇一大跳，因為日文的「**老婆**」其實是**老婆婆**的意思……，是不是差很多（汗）。那如果是指另一半的「**老婆**」，日文會說「**妻**（つま）」，也就是妻子。

「**台所**（だいどころ）」：聽起來好像是什麼區公所或是廁所（這兩個例子也差太多），誰會想得到這竟然會是「**廚房**」的意思！

「**動画**（どうが）」：超常講錯的一個單字！有一次跟日本朋友聊天，想跟他說最近看了一部很好看的動畫。然後講到「動畫」的時候直接用了日文的「**動画**」，剛講完才瞬間想起來「**動画**」是**影片／video**的意思啊！卡通漫畫的**動畫**要講「**アニメ**」才對……真的很容易一不小心就拿現有的日文漢字來套用（笑）。

「芸人（げいにん）」：對台灣人來說難度100%、幾乎都會搞錯過的單字！表面上看起來就是藝人沒錯，但它其實是藝人領域中的……**搞笑藝人**！或是也可以說成「お笑（わら）い芸人（げいにん）」（諧星、搞笑藝人）。那一般演戲表演的「藝人」日文又要怎麼說呢？這時候會加一個「能」字變成「芸能人（げいのうにん）」！演藝圈的話則是「芸能界（げいのうかい）」。
說到這裡就不禁想到《我推的孩子》的那句名言：「この芸能界（せかい★）において嘘（うそ）は武器（ぶき）だ」（**在演藝圈裡，謊言就是武器！**）。

★獺獺的小補充★ 這裡的讀音用了「世界（せかい）」來借字，詳情參考57頁的〈豆知識〉！

「人参（にんじん）」：什麼！？日本朋友說他每天都會吃「人蔘」？真的假的，也太養生過頭了吧……。後來拿到照片一看，原來在日本是「**紅蘿蔔**」的意思啊……差點嚇死。
另外也偷偷告訴大家，「白蘿蔔」的日文也是超級難猜到的，居然叫「大根（だいこん）」，你說說難不難！

にんじん

チョウセンニンジン

「小人（しょうにん）」：每次在買門票時一看到寫著「小人（しょうにん）半額（はんがく）」都覺得很困惑，為什麼人品很差的小人還可以有優惠！後來才知道原來這裡不是我們平常說的君子小人的「小人」啦！就單純是中文裡「小孩、兒童」的意思喔！

「穴場（あなば）」：這樣看肯定是在洞穴裡面的意思了吧！蛤～什麼？竟然又錯了嗎……。結果是「私房景點」或「口袋名單」啊！不過還能想像得到啦，畢竟洞穴也算是十分隱密的地方。

「金玉（きんたま）」：日本人看到台灣寫著「金玉滿堂」一定會覺得莫名奇妙，為什麼有很多**男生的蛋蛋**是一件吉祥的事呢……？沒錯你沒聽錯，這裡日文的「金玉」就是「蛋蛋」的意思！有看《膽大黨》應該很熟悉（笑）。下次日本朋友來台灣玩別忘了順便帶他們去「金玉堂書店」逛逛，相信他們一定會用充滿疑惑的表情看著你。記得要趁這個機會好好解釋一下台日差異喔（笑）！

きんたま

「油斷（ゆだん）」：這個字跟「油切」也長得太像了吧？還是根本是同個意思？沒有啦，這個「油斷」可是完全跟油沾不上邊喔！它指的是中文「**粗心大意**」的意思！

「粗筋（あらすじ）」：很粗的筋……？啊，知道了，一定是指很粗的橡皮筋！雖然聽起來很合理，但還是不對啦！這裡是指「**故事大意、概要**」喔！

「鉄棒（てつぼう）」：鐵棒？應該不是要拿來打架的那種吧……。喂不是啦！這裡的「鉄棒（てつぼう）」可是「**單槓**」的意思，是不是算滿好聯想到的！

「愚痴（ぐち）」：這聽起來怎麼感覺是在罵別人很笨啊？那你就錯囉！雖然表面上看起來有愚笨的意思，但實際上它指的是「**牢騷、抱怨**」喔！是不是差很多？

「交差点（こうさてん）」：中文的確可以直接翻成「交叉點」，但你要不要猜猜看有什麼更常用的用法呢？好啦直接告訴你，就是「**十字路口**」！

「湯（ゆ）」：這應該大家很常在溫泉飯店看到啦，應該不太會被騙才對？沒錯，這邊的「湯（ゆ）」可以當泡湯的「湯」，也就是**溫泉**之意！「お湯（ゆ）」的話則是**熱水**。那麼中文的「湯」到底要怎麼說呢？可以說「スープ」，例如「コンスープ」（**玉米濃湯**）；或是「汁（しる）」，例如「味噌汁（みそしる）」！

おんせん

「最高（さいこう）」：這裡千萬不要以為是「世界最高峰」的那個「最高」喔！在這裡是「**很棒、很讚**」的意思啦！

「最悪（さいあく）」：跟上面的「最高（さいこう）」一樣，都不是表面上看起來是「最邪惡、最可惡」的意思喔！這裡是指「**很糟的**」。

「走（はし）る」，是87%日文初學者都會搞錯的漢字！第一眼是不是覺得是「走路」呢？但其實它是「**跑**」的意思喔！如果要講「**走路**」，你要把動詞換成「歩（ある）く」才可以喔！

はしれ！

024　小水獺的日文魔法筆記

> 豆知識

五十音這樣來？

據說最早日本其實只有語言沒有文字，是等到遣唐使跑去中國把一些唐朝文化和佛經傳回來日本後，才開始有漢字的出現。那大家知道五十音其實也是從中文演變來的嗎？仔細看就會發現其實五十音的讀音都是從簡化前的漢字轉變而來的！

あ→安	い→以	う→宇	え→衣	お→於
か→加	き→幾	く→久	け→計	こ→己
さ→左	し→之	す→寸	せ→世	そ→曾
た→太	ち→知	つ→川	て→天	と→止
な→奈	に→仁	ぬ→奴	ね→祢	の→乃
は→波	ひ→比	ふ→不	へ→部	ほ→保
ま→末	み→義	む→武	め→女	も→毛
ら→良	り→利	る→留	れ→禮	ろ→呂
や→也		ゆ→由		よ→與
わ→和	ゐ(wi)→爲		ゑ(we)→惠	を→遠

> 趣味小故事

日本漢字沒有比較好寫！

以前在留學的時候修了一堂漢字課，原本以為超簡單一定可以輕鬆pass，直到考試後才發現根本是一場噩夢。因為日文的漢字筆順、結構和中文的就是不！一！樣！

來舉個例子，例如顏文字的「**顏**」，在日文要寫成「**顔**」，差別在於左上角：中文是「文」日文是「立」；或是像散步的「**步**」，日文會寫成「**歩**」，右下角會多一撇；或是像宿舍的「**舍**」日文是「**舎**」，中間不是「干」是「土」；還有歷史的「**歷**」會寫成「**歴**」，中間兩個不是「禾」而是「木」……，總之就是超多小細節要注意的，超級麻煩。

原本還很有把握不用看書也能輕鬆拿高分的課，結果卻搞到最後要不停罰寫，有夠痛苦的！大家一定要記取獺獺的教訓，不要隨便小看日本漢字的陷阱了！

小水獺單字集 LESSON 1

日文	段階（だんかい）	階段（かいだん）	五（ご）
中文	階段	階梯	五
日文	…階（かい）	上（のぼ）る	人狼（じんろう）
中文	…樓	往上爬	狼人
日文	物事（ものごと）	探偵（たんてい）	運命（うんめい）
中文	事物	偵探	命運
日文	言語（げんご）	講演（こうえん）	真率（しんそつ）
中文	語言	演講	率眞
日文	乱雑（らんざつ）	壮健（そうけん）	登攀（とうはん）
中文	雜亂	健壯	攀登
日文	鋭敏（えいびん）	苦痛（くつう）	情熱（じょうねつ）
中文	敏銳	痛苦	熱情
日文	音声（おんせい）	紹介（しょうかい）	脅威（きょうい）
中文	聲音	介紹	威脅
日文	制限（せいげん）	限界（げんかい）	従順（じゅうじゅん）
中文	限制	界限	順從
日文	買収（ばいしゅう）	軽減（けいげん）	紛糾（ふんきゅう）
中文	收買	減輕	糾紛
日文	濾過（ろか）	面会（めんかい）	深刻（しんこく）
中文	過濾	會面	嚴重

日文	勉強（べんきょう）	無理（むり）	真面目（まじめ）
中文	讀書、學習	勉強、忍耐	認真
日文	真（しん）	姿（すがた）	白目（しろめ）
中文	真實	姿態	傻眼
日文	空気（くうき）	読む（よむ）	携帯（けいたい）
中文	空氣	讀（書）	手機
日文	スマホ	嘘（うそ）	静か（しずか）
中文	智慧型手機（簡稱）	謊言	安靜
日文	黙（だま）る	放送（ほうそう）	ニュース
中文	沉默	廣播、播報	新聞
日文	中継（ちゅうけい）	生（なま）	新聞（しんぶん）
中文	現場轉播	原始、直播	報紙
日文	打算（ださん）	つもり	喧嘩（けんか）
中文	算計	打算做…	吵架
日文	騒（さわ）ぐ	切手（きって）	切符（きっぷ）
中文	騷動、吵鬧	郵票	車票
日文	適当（てきとう）	可能（かのう）	かもしれない
中文	隨意	可以	可能、應該
日文	老婆（ろうば）	妻（つま）	台所（だいどころ）
中文	老太太	妻子、老婆	廚房

日文	動画（どうが）	アニメ	芸人（げいにん）
中文	影片	動畫（anime）	搞笑藝人
日文	お笑（わら）い	芸能人（げいのうにん）	芸能界（げいのうかい）
中文	諧星	藝人	演藝圈
日文	武器（ぶき）	人参（にんじん）	大根（だいこん）
中文	武器	紅蘿蔔	白蘿蔔
日文	小人（しょうにん）	半額（はんがく）	穴場（あなば）
中文	小孩	半價	私房景點、口袋名單
日文	金玉（きんたま）	油断（ゆだん）	粗筋（あらすじ）
中文	（男生的）蛋蛋	粗心大意	故事大綱
日文	鉄棒（てつぼう）	愚痴（ぐち）	交差点（こうさてん）
中文	單槓	牢騷、抱怨	十字路口
日文	湯（ゆ）	コンスープ	味噌汁（みそしる）
中文	熱水、溫泉	玉米濃湯	味噌湯
日文	最高（さいこう）	最悪（さいあく）	走（はし）る
中文	超棒	超級糟	跑
日文	歩（ある）く		
中文	走路		

第1章　漢字意思大不同①：很像不代表一樣

第 2 章

漢字意思大不同 ②
有看沒有懂

「帝王切開」
難道是遊戲大招？

除了看得懂但意思跟中文完全不一樣的漢字以外，還有一種是你覺得自己看懂了，但想了十遍也想不出意思的漢字，來挑戰看看吧！GO！

「**天地無用**（てんちむよう）」：天跟地都沒用，聽起來好有「天上天下唯我獨尊」的爆棚中二感喔。那……感覺還是不要說出來破壞美感好了。它的意思非常俗擱有力（台語），就只是在紙箱上很常印刷的四個字：「**請勿倒放**」（脫口就把答案說出來了）。蛤？就這樣？對，就這樣。不要太失望啦。不然再給你四個字的日文來猜猜！

「**帝王切開**（ていおうせっかい）」：聽起來是不是很霸氣有夠帥！嗯……不過有了前面的例子，還是先不要抱持太大期望來猜猜看好了，會不會是戰國時期某個武將的大招名稱？類似二刀流那種帥氣的劈斬，喝！

喔……好像有點太浮誇。什麼？聽說很多媽媽都有經驗？原來媽媽們都這麼深藏不露的嗎……？結果又被戲弄了，原來就只是「**剖腹產**」的意思啊……害獺獺又興奮了一下。

剛剛查了一下字典，剖腹產也被稱為帝王切開術，源自於 Caesarean section（一般也會簡稱叫 C-section），前面的 Caesarean 意思是「凱撒的」，沒錯！就是古羅馬統治者的那個凱薩，所以才會被翻成「帝王」的意思喔！（突然意識到自己教起了英文？？？）

「**阿鼻叫喚**（あびきょうかん）」：從字面上看，會以為是情侶之間互相叫對方「北鼻、阿鼻」的意思，但感覺沒那麼簡單……再來猜一次！該不會是……用來形容鼻子的打呼聲吧？叭叭！都不是喔，其實阿鼻、叫喚分別來自佛教十八層地獄中的「**阿鼻地獄**（あびじごく）」和「**叫喚地獄**（きょうかんじごく）」，代表了地獄裡痛苦的哭喊、呼叫聲，因而用來形容「**慘叫**」或「**尖叫**」！

「**膃肭臍**（おっとせい）」：這難道是某一種肚臍嗎？什麼！居然是「**海狗**」的意思？大家不用擔心，其實平常日本人也不會用這個看起來超難寫的漢字，都會用片假名的 **オットセイ** 來稱呼喔！

オットセイ

「**絶体絶命**（ぜったいぜつめい）」：聽起來有點可怕⋯⋯絕體絕命是指身體跟命都沒了嗎？好啦，沒那麼誇張！其實「**絶体**（ぜったい）」和「**絶命**（ぜつめい）」是日本九星占卜中的兩個凶星的名稱，指的是遇到困難或危險卻無法脫困，也就是「**走投無路、山窮水盡**」的意思喔！

「**一期一会**（いちごいちえ）」：「一期一會」的由來是源自一位名叫千利休的茶道宗師，在他的弟子山上宗二寫的書《山上宗二記》裡面有記載。原本的意思是指即便與同一個人再開一場茶會，也絕對不會出現一模一樣的茶會了，於是後來就引申為「**一生僅有一次的相遇**」。「**一期**」跟「**一会**」都是佛教用語，「**一期**」代表著出生到死亡的期間，「**一会**」代表人的相遇。茫茫人海中要和一個人相遇是多麼難能可貴的機會！就像拿起這本書的你一樣，我們要修來幾輩子的福氣才能相遇啊！（太浮誇了）

「**万華鏡**（まんげきょう）」：相信有看《火影忍者》的人都很熟悉「**万華鏡写輪眼**（まんげきょうしゃりんがん）」，中文是「**萬花筒寫輪眼**」。由此可證「**万華鏡**」就是「**萬花筒**」！而且不知道為什麼「**万華鏡**」怎麼看都覺得有那麼一點浪漫？

「**魔法瓶**（まほうびん）」：聽起來是什麼酷酷的東西！該不會可以憑空變出汽水果汁或玉米濃湯吧（是有多愛喝）？結果只是一般

的「**保溫瓶**」嗎⋯⋯。這應該要標註一句「名字僅供參考」的告示才對!

まほうびん

「**天井**(てんじょう)」:你講天婦羅丼飯的「**天丼**(てんどん)」我可能還比較清楚。天井喔⋯⋯井不是一般都在地上嗎!天上的井難道是通風口?想到了,該不會是「**天花板**」吧!我⋯⋯我才不會承認剛剛跑去偷查字典咧!

「**苦手**(にがて)」:很苦的手⋯⋯?為什麼手會苦啊?結果被騙了!跟手一點關係都沒有,這裡是「**不擅長某件事**」的意思,例如獺獺**很不會搭訕女生**,就可以說「**ナンパが苦手(にがて)だ。**」(是真的很不會!)

「**派手**(はで)」:什麼!你要派手下來幹嘛⋯⋯?不要緊張啦,又沒有「下」這個字!而且這裡指的是「**華麗**」喔!大家應該第一個想到鬼滅的音柱對吧,沒錯,他的口頭禪就是「**派手**(はで)」!

第2章 漢字意思大不同 ②:有看沒有懂　035

「相棒（あいぼう）」：這也是什麼棒子嗎……自拍照相棒？以為對了一半，結果完全猜錯是怎樣！竟然是「拍檔」的意思嗎！另外，「相棒（あいぼう）」有時也會用在像是好哥們互相喊的「兄弟」喔！再補充一個意思也很像的「仲間（なかま）」好了！這應該是「伯仲之間」，也就是「不分上下」的意思對吧。嗯……不能這樣解釋啦！這裡的「仲間（なかま）」是指「夥伴、同伴」，通常是有共同目標一起努力的一群人。例如動漫中常出現的一群主角團，他們就可以互稱彼此為「仲間（なかま）」喔！

「泥棒（どろぼう）」：用泥巴做的棒子……？怎麼感覺是個很詭異的道具啊！不是啦不是啦！其實這是「小偷」的意思！好好奇那日文的「薪水小偷」會怎麼說呢？很簡單，只要加上薪水的「給料（きゅうりょう）」變成「給料泥棒（きゅうりょうどろぼう）」就OK囉！還有一個也很常看到的是**內褲小偷**的「下着泥棒（したぎどろぼう）」。另外補充一個，《ワンピース》（海賊王）裡的ナミ（娜美）外號也被稱作「泥棒猫（どろぼうねこ）ナミ」！

「面倒（めんどう）」：這是指情勢一面倒嗎？才不是啦！「面倒（めんどう）」有兩個意思，一個是「面倒（めんどう）を見（み）る」，

指的是「**照顧某人**」；另一個比較常見的用法是「**麻煩**」，例如：「**面倒（めんどう）な手続（てつづ）き**」（麻煩的手續）。而覺得某件事很麻煩的時候，最常會聽到一個形容詞是「**面倒（めんどう）くさい**」（好麻煩）。要注意，不小心就會變成口頭禪喔！

「**弱虫（よわむし）**」：很弱的蟲是什麼蟲啊……螞蟻算嗎？（螞蟻表示：我們才不弱咧！）蛤？你說這跟蟲蟲一點關係都沒有，反而是用來形容人的單字？居然是「**膽小鬼**」的意思，這也太不可置信了吧！不過好像之前有在動漫作品看過這個字……想到了！《飆速宅男》的日文就是「**弱虫（よわむし）ペダル**」呢！

「**海月（くらげ）**」：第一個想到的是水中撈月，聽起來好像滿浪漫的單字欸！但真正的意思可能會讓你大吃一驚，它其實是「**水母**」的意思，一般通常是歌詞或是文學作品才比較會寫成漢字，不然平常都用片假名的「**クラゲ**」喔！

クラゲ

「**言葉（ことば）**」：大家有看過新海誠的《言葉之庭》嗎？應該就是某種葉子對吧！不對啦，它跟前面的「言」比較有關係！這裡的「**言葉（ことば）**」是指「**句子、話語、語言**」的意思！例如：「**若者言葉（わかものことば）**」就是指「**年輕人用語**」。

第2章　漢字意思大不同②：有看沒有懂　　037

「**本**（ほん）」：咦？這難道不是單位的量詞嗎？應該是用來計算幾本書的吧！結果真的不小心給矇對了，這個詞就是「**書**」的意思。畢竟平時也會講書「本」嘛，還算不難理解。

「**机**（つくえ）」：第一眼還以為是簡體字的「机」器人，後來想想好像只有「机」也很怪……還是是茶几的意思啊？差不多對了是不是！原來是「**桌子**」啊！可惜了，下次一定可以猜對的。

「**放課**（ほうか）」：這應該不是音樂類型的「放克（Funk）」吧欸？啊搞錯了……這個是日文不是中文，不會有諧音！來思考一下……放課的「放」如果是「放學」，然後「課」指的是「**下課**」，那就是下課的意思啦！結果還真的對了喔！你看吧，這也是用中文推敲出來的啊！（明明只是剛好）很常在動漫看到「**放課後**（ほうかご）」就是「**放學後**」的意思喔！

「**息子**（むすこ）」：只聽過圍棋有「棄子」，「息子」還真是第一次聽到耶，該不會也是圍棋術語的一種吧！……想不到還是錯了，居然是「**兒子**」的意思！等等，那該不會是指「出息的兒子」吧！一出生就給那麼大的壓力是不是不太好（自己腦補）。順便補充一下，「**女兒**」的日文是「**娘**（むすめ）」（光看漢字還以為是「媽媽」）！

「林檎（りんご）」：漢字的話第一個想到的是日本歌手「椎名林檎（しいなりんご）」，但唸出來就差不多破哏了⋯⋯，沒錯這個就是台語「令狗」的**蘋果**！不過如果是日文的話要唸「拎勾」喔！

りんご

「彼氏（かれし）」：我知道「彼（かれ）」是第三人稱的「他」啦，難道是指「他的姓氏」？聽起來很像什麼《你的名字》的續集欸。好，不鬧了，它跟姓氏一點關係也沒有，「彼氏（かれし）」就是「**男友**」的意思！如果是**前男友**怎麼辦？這時候前面會多加一個「元（もと）」變成「元（もと）カレ」喔。

「彼女（かのじょ）」：跟上面只差一個字，想必不用我說也猜得到這是「**女友**」的意思吧？不過小心有時候也會用來當成第三人稱的「她」！很容易讓人搞混對吧⋯⋯我也不知道為什麼。《東京喰種》的主角金木就說了這個「彼女（かのじょ）」，結果被對方誤會他有女友，但其實只是在說「她」。**前女友**的話也是一樣在前面加一個「元（もと）」變成「元（もと）カノ」就好囉！

「相手（あいて）」：可不是來叫你看手相的。若是以前常玩《遊戲王》的人，就算不會日文可能也都知道意思，因為每張卡片上面幾乎都會寫可以對「對手」造成多少傷害或效果對吧！沒錯，它就是「**對手、對象**」的意思唷。

第2章　漢字意思大不同 ②：有看沒有懂　　039

「**二股**（ふたまた）」：蛤？這是屁股有兩半的意思嗎？不是啦，這裡的「股」是「懸梁刺股」的「股」啦！指的是「**大腿**」喔！原意是**兩條岔路**的意思，後來被引伸出腳踏兩條船，也就是「**劈腿**」！

「**浮気**（うわき）」：這可不是什麼「漂浮的空氣」喔，真正的意思是「**出軌、外遇**」！也是啦，出軌的話感覺心情一定是浮浮沉沉沒辦法穩定下來。欸先說，獺獺可是沒有這種經驗的（急忙解釋）！

「**風船**（ふうせん）」：這是「風力發電的船」嗎？應該答對了吧！蛤？居然是「**氣球**」喔，這分量也差太多了吧⋯⋯不可置信。

ふうせん

「**我慢**（がまん）」：我很慢，但到底是有多慢？而且是走很慢還是做事很慢？好啦不瞎猜了，其實跟「我」或「慢」都沒有關係！它指的是「**忍耐**」喔。不過確實啦，如果別人走太慢或做事做很慢，也只能忍耐了⋯⋯。

「**大切**（たいせつ）」：切大力一點還是切大塊一點？都不是吼，跟切東西可是一點關係都沒有啦！這裡是指「**重要的**」。不過這邊一定會有人問，那跟「**大事**（だいじ）」（不是大事不好的意思，中文也是指「**重要的**」）有什麼差別呢？簡單來說就是「**大切**（たいせつ）」會偏主觀一點。你想珍惜什麼，那它就是重要的。例如

「**大切**（たいせつ）**な人**（ひと）」就是「（對你來說）**重要的人**」；而「**大事**（だいじ）」則是主觀中帶點客觀，可能別人也看得出來那件事對你很重要，就會說「**大事**（だいじ）**なこと**」（**重要的事物**）。講到「**大事**（だいじ）」，最常用的果然還是生病時常會聽到別人叫你**保重**的那句：「**お大事**（だいじ）**に**」！

「**財布**（さいふ）」：能帶來財運的一條布嗎？當然不是！給你一點提示好了，它是用來放錢財的。那麼快就猜到了啊！一定是提示給太多。好啦反正「**財布**（さいふ）」就是「**錢包**」的意思！

さいふ

「**写真**（しゃしん）」：相信大家第一個想到的應該是「**寫真集**」對吧？因為本來就是直接從「**写真集**（しゃしんしゅう）」翻譯過來的喔！猜不出來的話給一點提示好了，寫真集裡面會有很多的什麼呢……？答對啦！就是「**照片**」！

「**仕方**（しかた）」：想表達「**很無奈，沒有辦法**」的時候我們會說「**仕方**（しかた）**がない**」，或口語一點可以講「**しょうがない**」！

「**精一杯**（せいいっぱい）」：雖然看起來好像是很奇怪的意思，但它跟「喝一杯」什麼的完全沒有關係！它的意思非常正常，就是

第2章　漢字意思大不同 ②：有看沒有懂　　041

「**全力以赴**」，跟日文的「**一生懸命**（いっしょうけんめい）」（**拚盡全力**）很類似喔！

「**蛇口**（じゃぐち）」：乍看之下以為是在說蛇的嘴巴，想說也太可怕了！結果仔細一看，原來是「**水龍頭**」的意思啊……真是嚇死我了。據說是因為西方當時的水龍頭用的是獅子的頭（怎麼讓我想到了新加坡的魚尾獅），引進到了東方後便先使用了龍的頭，然後日本就用龍的原型來命名，所以才變成了「**蛇口**（じゃぐち）」。嗯，聽起來十分合理，可以馬上聯想到耶！

じゃぐち

> 豆知識

日本的姓氏那麼酷?

你知道其實有很多日本人的**姓氏**,也就是「苗字(みょうじ)」都長得很特別嗎?例如五十嵐、御手洗之類的,不過他們不是飲料店,也不是洗手間喔!讓我們一起來看看這些姓氏神奇的唸法吧!

五十嵐→いがらし　　御手洗→みたらい
羽生→はにゅう　　　海老名→えびな
乾→いぬい　　　　　一二三→ひふみ
小鳥遊→たかなし　　東雲→しののめ
四月一日→わたぬき　八月一日→ほずみ
勘解由小路→かでのこうじ
服部→はっとり(忍者哈特利就是從「はっとり」的發音來的!)

順便也來補充一下菜市場姓氏的唸法!

佐藤→さとう(跟「砂糖」同音,所以佐藤健才會被叫砂糖)
菅田→すだ(菅田將暉的綽號「蘇打」就來自於姓氏讀音)

鈴木→すずき	高橋→たかはし
田中→たなか	伊藤→いとう
渡辺→わたなべ	山本→やまもと
中村→なかむら	小林→こばやし
加藤→かとう	吉田→よしだ
山田→やまだ	佐々木→ささき
山口→やまぐち	松本→まつもと
井上→いのうえ	木村→きむら
林→はやし	斎藤→さいとう
清水→しみず	

> 趣味小故事

大阪燒 vs 壽喜燒

漢字真的很常讓人搞混很多單字,像獺獺就曾經發生一些唸錯字的丟臉事件。例如有一次在跟日本人討論有沒有吃過大阪燒,**大阪燒**的日文是「**お好**(この)**み燒**(や)**き**」,因為中間有個好字,剛好「**好**(す)**き**」(**喜歡**)也有「好」字,我就把大阪燒唸成了「**すき燒**(や)**き**」。唸錯就算了,不得了的是,還真的有這個單字!只不過「**すき燒**(や)**き**」的中文是「**壽喜燒**」,於是就變成了我問日本人有沒有吃過壽喜燒,是不是整個天差地遠!

另一個丟臉的事就又更好笑了。
某天到一間居酒屋吃飯,我們的包廂在靠近裡面的位置,結果我就跟日本朋友說:「**一番**(いちばん)**裏**(うら)**だよ**!」講完才發現日本朋友一臉不知道我在說什麼……。想了很久還是沒發現哪裡怪怪的,後來用日文想了一下,咦?**裏**(うら)好像是**背面**的意思!要表達「裡面」的話要用「**奥**(おく)」才對啦!但也因為有過這些經驗,才讓我對這些單字的印象加深不少,反而減少日後錯誤使用的機會,所以不見得是壞事喔!因此各位可不要害怕自己講錯,多多使用就對了!

小水獺單字集 LESSON 2

日文	天地無用 （てんちむよう）	帝王切開 （ていおうせっかい）	阿鼻叫喚 （あびきょうかん）
中文	請勿倒放	剖腹產	慘叫、尖叫
日文	地獄（じごく）	膃肭臍（おっとせい）	魔法瓶（まほうびん）
中文	地獄	海狗	保溫瓶
日文	万華鏡 （まんげきょう）	絶体絶命 （ぜったいぜつめい）	泥棒 （どろぼう）
中文	萬花筒	走投無路、山窮水盡	小偷
日文	給料泥棒 （きゅうりょうどろぼう）	下着泥棒 （したぎどろぼう）	相棒 （あいぼう）
中文	薪水小偷	內褲小偷	拍檔、哥兒們
日文	仲間（なかま）	一期一会 （いちごいちえ）	苦手 （にがて）
中文	夥伴、同伴	一生一次的相遇	不擅長做某事
日文	天井（てんじょう）	海月（くらげ）	林檎（りんご）
中文	天花板	水母	蘋果
日文	弱虫（よわむし）	弱虫（よわむし）ペダル	面倒（めんどう）
中文	膽小鬼	飆速宅男	麻煩
日文	面倒（めんどう）を 見（み）る	手続（てつづ）き	面倒（めんどう）くさい
中文	照顧（某人）	手續	麻煩的

日文	息子（むすこ）	娘（むすめ）	放課（ほうか）
中文	兒子	女兒	下課、放學
日文	放課後（ほうかご）	本（ほん）	言葉（ことば）
中文	放學後	書	句子、話語、語言
日文	若者言葉（わかものことば）	派手（はで）	蛇口（じゃぐち）
中文	年輕人用語	華麗	水龍頭
日文	風船（ふうせん）	浮気（うわき）	二股（ふたまた）
中文	氣球	出軌	劈腿
日文	彼氏（かれし）	元（もと）カレ	彼女（かのじょ）
中文	男友	前男友	女友
日文	元（もと）カノ	机（つくえ）	大切（たいせつ）
中文	前女友	桌子	重要的、珍惜的
日文	人（ひと）	大事（だいじ）	こと
中文	人	重要的	事物
日文	お大事（だいじ）に	相手（あいて）	財布（さいふ）
中文	請多保重（對感冒生病的人說）	對手、對象	錢包

日文	我慢 （がまん）	写真 （しゃしん）	写真集 （しゃしんしゅう）
中文	忍耐	照片	相片集、寫真集
日文	仕方（しかた）	仕方（しかた）がない	しょうがない
中文	方法	沒有辦法	沒辦法（口語）
日文	精一杯 （せいいっぱい）	一生懸命 （いっしょうけんめい）	
中文	全力以赴	拚盡全力	

第 3 章

漢字意思大不同 ③
胡亂拼湊對

「邪魔」應該是某個魔王關 BOSS 吧？

如果說看起來還像是一個單字就算了，有些字居然完全不知道它是怎麼組在一起的……到底是怎麼回事呢？一起來研究看看！

「替玉（かえだま）」：去拉麵店你一定會看到這兩個字，對吧？每次我第一個反應就是……可以加一顆溏心蛋嗎？畢竟不是有「玉子（たまご）燒（や）き」嗎？這個「玉（たま）」沒意外就是拉麵裡的蛋了吧！當我得意地拿著兩張「替玉（かえだま）」的券，想說要去加兩顆蛋來吃的時候，沒想到……拉麵店老闆給了我一坨剛撈起來的麵。但我已經吃不下了啊啊啊啊啊！經過了這次慘痛的洗禮，我才知道原來「替玉（かえだま）無料（むりょう）」指的是「免費加麵」啊……。

而這裡的「玉（たま）」則是在指圓形球體，因為一坨麵看起來就像是一顆球嘛！至於溏心蛋呢……是另外一個「玉」啦！通常會寫成「味玉（あじたま）」，這裡的「味（あじ）」就是調味的「味付

（あじつ）け」，全名是「味付（あじつ）け玉子（たまご）」！那一般的「水煮蛋」又會怎麼講？這時我們會改為用「茹（ゆ）でる」水煮這個動詞，變成「ゆで卵（たまご）」。但跟你說喔，其實我比較喜歡吃「目玉（めだま）焼（や）き」耶！嘿嘿……你是不是不知道這是什麼意思呢？

你想想，「目玉（めだま）」是**眼珠子**，那形狀看起像眼珠子的蛋會是什麼蛋？沒錯，就是「荷包蛋」喔！好啦，好像扯太遠了……再說回一開始的「替玉（かえだま）」吧，除了是「加麵」外，還有另一個隱藏用法！它也可以用來當「冒牌貨」或「冒名頂替的人」。常見的單字有像是「替玉受験（かえだまじゅけん）」，直翻就是「**找人頂替身分去考試**」，也就是我們常說的「槍手」。（好學生不可以亂來喔！）

ゆで卵　　　　目玉焼き

不知道大家在童年時有沒有看過一部叫作《閃電十一人》的動畫，日本原文名稱也很有意思喔，就叫作「イナズマイレブン」！好懷念喔……當初看到「マジン・ザ・ハンド」（**魔神的右手**）之類

的招數，還以為現實生活中真的有辦法做到咧（想太多）。

「**稻妻**（いなずま）」：看到這個單字，我的第一反應是想到《拾穗》這幅畫裡的女生……（不知道為啥）。但你知道這裡的「**妻**（つま）」其實跟妻子一點關係都沒有，甚至在古時候還被稱為「**稻夫**」嗎（哪泥！）？因為這個「妻」或「夫」指的不是老公或老婆，而是親密關係的意思。那是誰跟稻子有親密關係呢？居然是「**閃電**」！

因為古代的日本人認為閃電可以讓稻子結穗（怎麼有點像牽手就會懷孕的那種謬論？），所以閃電可以說是稻子的另一半。但後來證明了閃電跟稻子結穗是沒有直接關係的啦。

另外再補充一個雷之呼吸的雷：「**雷**（かみなり）」。這個字也非常有趣，可以拆成「かみ」跟「なり」，「**神**（かみ）」就是神明、「**鳴**（な）り」是鳴響，可以解釋成「神明發出的聲音」。古代人覺得打雷聲就是天上神明造成的，這個我比較可以接受，因為畢竟台灣也有「雷公」這個說法嘛！

講到「**打雷**」就不得不提到另一個到現在還很常用的詞：「**暴雷**」。那它的日文可以怎麼說呢？答案是……「**ネタバレ**」！「ネ

タ」一般是指劇情、笑話或是握壽司上面的食材;「バレ」則是「バレる」這個動詞,指的是洩漏出來或是露出馬腳,諧音記法很簡單,就是:「ね(欸)!他暴雷!」

「邪魔(じゃま)」:看到邪魔,不知道為啥想到的就是《もののけ姫(ひめ)》(魔法公主),喔不對,那個是叫邪神(タタリ神(がみ))啦!

所以「邪魔」也是惡魔的一種嗎?當然沒那麼簡單。不過原本確實是佛教用語,指的是在修行中會跑來干擾你修行的魔鬼。你想想如果有邪惡的惡魔出現,是不是很想叫他趕快走開?看到就很煩。用這樣想就大概可以連結到「邪魔(じゃま)」的意思了,就是「打擾、妨礙」!最常見的有像是到男生家裡看他家的貓後空翻時(欸?)一定會說的「打擾了!」;「お邪魔(じゃま)します!」。

覺得對方很擋路時,有些人也會講「邪魔(じゃま)するな!」(閃邊去啦!)或是「邪魔(じゃま)だな!」(有夠礙事欸!),不過都比較沒禮貌,用之前要多注意,如果是很熟的朋友還好,要不然出事的話……獺獺可是不會跑來幫忙的喔(?)。

第3章 漢字意思大不同 ③:胡亂拼湊對　053

「**風邪**（かぜ）」：繼上面的邪魔，又來一個邪惡的風是不是？要這樣想也是可以啦，這個風很煩，一直要對著你吹，啊吹久了會怎樣？涼涼的很舒服？欸不是啦……是不是有可能就會「**感冒**」！沒錯，這裡的「**風邪**（かぜ）」就是感冒的意思！

另外也要補充同樣也是かぜ的「**風**（かぜ）」。這個「かぜ」很特別，可以是「**風**」也可以是「**感冒**」，這麼說來是不是就能用剛剛的故事把他們一次記起來了呢？

「**滅茶苦茶**（めちゃくちゃ）」：這是什麼中藥的苦茶嗎！還好不是，這個其實是「**亂七八糟**」的意思。現在人的日常口語中很常用到的「めっちゃ」也就是從「滅茶」來的，指的是「**非常、很**」的意思，例如：「めっちゃうまい！」（**超好吃**）。

不過這邊的「めちゃくちゃ」其實原本是沒有漢字的，只是借了四個讀音相似的字來用，這種**借字**的用法在日文被稱為「**当**（あ）て

字（じ）」，這會在本章的豆知識做詳細的補充喔！

「**都合**（つごう）」：「什麼都適合」？應該不太對吧！果然，這邊指的是「**是否方便**」，例如某一天的聚餐我「**不太方便**」出席，就可以說：「**都合**（つごう）**が悪**（わる）**い**」；結果這時候朋友居然說，會有新的女生朋友可以認識，就算再忙也要給他出席一下吧！就要改成「**都合**（つごう）**がいい。**」（**時間上 OK**）。

「**下手**（へた）」：下面的手是什麼啦！原來是「**不擅長、很差**」的意思。有一個技法還滿不錯的：把「手」往「下」比一個倒讚，就是表現不好的手勢嘛！而且這個單字比較偏客觀，就是你自己覺得很差，但實際上真的很差。如果要主觀表達自己對什麼很不擅長，可以換成用「**苦手**（にがて）」！

啊，有「下手」該不會也有「上手」吧？結果還真的有耶，「**上手**（じょうず）」就是形容對於某件事**很擅長**的意思，不過最好不要用它來形容自己對某項技能很拿手，因為它比較客觀，所以會有種很像是在自誇的感覺；如果要自己講**很拿手**，就要用「**得意**（とくい）」才對喔！

「**空港**（くうこう）」：很空的港口？不是啦欸，別忘了，「**空**（そら）」還可以指天空啊！不過不是「天上的港口」，是「在天上的飛機的

港口」啦！也就是**機場**。**飛機**的話叫作「飛行機（ひこうき）」！

> 豆知識

取名都在比酷就對了

日本人取名常常會有一些讓台灣人啼笑皆非的漢字，相信大家一定都很常在哏圖上看過。例如什麼「乾 真大」、「五十嵐 真貴」、「肛門 強」之類的。甚至有網友更有才，上網問眾人可以幫自己取什麼日文名字，一堆人集思廣益想了有的沒的諧音哏，像是：「森上 梅友前」、「梅川 伊芙」、「大祐 池久」。但你知不知道，其實日本人也是有在做一樣的事！

這就要先從日本人的名字講起了，如果你有認識日本朋友，應該會發現他們的名字通常都只會寫假名，例如：**ゆうじ**。但如果獺獺問你有沒有看過他的漢字長怎樣，很可能都沒印象吧？而且就拿這個**ゆうじ**來說好了，漢字的寫法根本多到爆，他可能是叫「**雄二**」、「**裕司**」、「**裕二**」、「**祐治**」、「**侑二**」、「**有志**」（再列下去你可能都要看到睡著了）等名字的其中一個，也就是說，其實假名的名字並沒有相對應必須完全綁在一起的漢字。

另一種倒過來的是，本來就沒有漢字的名字，這時候反而是翻譯成中文時，我們必須替他們找漢字。例如**宇多田光**的原名其實是「**宇多田**（うただ）**ヒカル**」，而「**石原**（いしはら）**さとみ**」我們也

會翻成「**石原里美**」或「**石原聰美**」。

因為假名沒有一定要綁哪個漢字這點，導致日本人在取名上並沒有太大的限制，有時候你的漢字也不一定要對應原有的發音，甚至還會看到一種是假名用英文的音譯，來表達漢字的日文意思！例如有個名字叫「**大空**」好了，因為它裡面有用來指「**天空**」的「**空**（そら）」，所以它讀音要用英文的「**すかい**」(Sky) 也完全OK的。類似的例子還有像《**デスノート**》（**死亡筆記本**）中的主角「**夜神月**」（**やがみライト**），他的「月」就不是唸「つき」，而是**ライト** (light)」。

這種假名讀音用英文的方式也很常用在歌詞中。像這類的取名方式被稱為「**当**（あ）**て字**（じ）」，也就是「**借字**」，雖然漢字本身的唸法不是那樣，但為了配合歌曲的旋律和節拍，或是玩文字遊戲的隱喻，就會使用另一個意思相近的單字的讀音來代替原本漢字的讀音。

還是有點聽不懂是吧？沒關係！直接舉個例子吧：日文歌詞中很常會出現一個字是「**理由**」（看來是很愛找理由，沒有啦開玩笑），準備要唱出「**りゆう**」的時候，卻發現歌手唱出來的是「**わけ**」!？沒錯，這就是所謂的「**当て字**」的用法喔！因為「**わけ**（漢字通常寫作「**訳**」）也可以解釋為「**道理、理由**」，所以也算「**理由**

（りゅう）」的同義字喔！像這樣會被替換讀音的字還有像：

運命（うんめい）	→	さだめ（漢字：定め）
生命（せいめい）	→	いのち（漢字：命）
真剣（しんけん）	→	マジ
幸福（こうふく）	→	しあわせ（漢字：幸せ）
感情（かんじょう）	→	きもち（漢字：気持ち）
表情（ひょうじょう）	→	かお（漢字：顔）
惑星（わくせい）	→	ほし（漢字：星）
時間（じかん）	→	とき（漢字：時）

……各自的同義意思我就不寫出來了，大家看漢字應該可以懂一半（笑）。

But（怎麼突然就變英文了）！但這時候Bug來了，因為假名跟漢字不一定要一樣，所以有些人為了讓小孩的名字看起來「閃閃動人」，取了一堆看起來很潮（比當初壽司郎的鮭魚之亂還潮）的名字，這種名字日本稱之為「キラキラネーム」(**閃亮亮名字**)，難聽一點就是「DNQ Name」（**ドキュンネーム**，指的是腦袋少根筋或是缺乏常識的人，像這裡在說的就是幫小孩取名的爸媽)」。

舉例來說像是「光宙」這個名字，閃閃發光、閃爍的日文可以說**ピカっと光**（ひか），因此**光**用「ピカ」當讀音也滿合理的，那**宙**

的話是本來就可以唸成「**ちゅう**」。剩下交給你把這兩個字的唸法合起來吧！有沒有覺得這個名字突然就有聲音了呢？沒錯！就是會發出「皮咖～啾！」的皮卡丘啦！

其他也有像是「**姬星**（唸作**きてぃ**，對就是那個 Kitty）」、「**七音**（唸作**ドレミ**，就是音樂的 DoReMi）」、「**夢姬**（唸作**ぷりん**，就是「**布丁**」的意思）」。如果是取寵物名字可能還好，但是小孩不能決定自己的名字真的很無奈，甚至不小心還會變成同學的笑柄。

不過還好現在日本政府為了預防這種狀況，也準備擬定修法，讓姓名中的漢字必須符合一般大眾認知的讀音才行（不然鬼才讀得出來喔）。這些名字還是出現在動漫裡就好，在裡面的世界不管名字多奇怪都很合理。像「**推**（お）**しの子**（こ）」裡星野愛（**ほしのアイ**）的遺孤**アクア、ルビー**兄妹的名字聽起來就很高級（並沒有）。

最後，不可免的也要提到另一個運用了漢字諧音的系列，雖然現在不會用到了，而且有點中二，但是你一定聽過，那就是會伴隨暴走族出現的「**夜露死苦**」，唸起來是「**よろしく**」，正是自我介紹時會講的「**請多指教**」；還有一個「**愛羅武勇**」（跟火影忍者「我愛羅」沒有關係）＝「**アイラブユー**」（**我愛你**、I love you）。

還有還有,請猜猜下面這兩個詞:「怒羅衛門」跟「魔苦怒奈流怒」。**猜猜看**,你覺得會是什麼呢?(答案見下方!)

答案:「怒羅衛門」=ドラえもん(多拉A夢)
　　　「魔苦怒奈流怒」=マクドナルト(麥當勞)

趣味小故事

臭豆腐 vs 總統府

跟大家分享一個跟臭豆腐有關的丟臉故事好了！

因為前陣子獺獺搬家，搬到了西門附近。

然後有一次一個在台灣留學，可以說是台北通的日本朋友就問我說：「欸那邊不是有『そうとうふ』嗎？」

我跟他說：「拜託～！到處都有臭豆腐好嗎！不是只有西門才有啦！」

結果他整個超問號，問我：「你確定嗎？怎麼可能！」

我就回說：「欸我台灣人捏！都吃那麼多年了，相信我啦。」

結果日本朋友聽到直接嚇死：「そうとうふ可以吃嗎？」

我翻翻白眼，拿出手機搜尋「そうとうふ」查給他看，準備神氣地說：「ほら見（み）て！」（你看吧！）

出現的搜尋結果卻寫著：

日文 >> **そうとうふ**　　中文 >> **總統府**

這時才發現，原來我們一直在雞同鴨講。日本朋友說的是「總統府（そうとうふ）」，而我想的是「**臭豆腐（しゅうどうふ）**」（是多餓？）。差點就要讓日本人以為我們都是吃總統府長大的（汗）。

小水獺單字集 LESSON 3

日文	替玉（かえだま）	卵（たまご）	玉子（たまご）焼（や）き
中文	加麵	蛋	玉子燒
日文	玉（たま）	無料（むりょう）	味玉（あじたま）
中文	玉石、球體	免費	溏心蛋
日文	味（あじ）	味付（あじつ）け玉子（たまご）	茹（ゆ）でる
中文	味道	溏心蛋＝味玉（あじたま）	水煮
日文	ゆで卵（たまご）	目玉（めだま）	目玉（めだま）焼（や）き
中文	水煮蛋	眼珠子	荷包蛋
日文	替玉受験（かえだまじゅけん）	稲妻（いなずま）	妻（つま）
中文	找槍手考試	閃電	妻子
日文	イナズマイレブン	マジン・ザ・ハンド	雷（かみなり）
中文	閃電十一人－	魔神的右手（閃電十一人絕招名）	打雷
日文	神（かみ）	鳴（な）り	ネタバレ
中文	神明	鳴響	暴雷
日文	ネタ	バレる	邪魔（じゃま）
中文	劇情、笑話、食材	露出馬腳、洩漏出來	打擾、妨礙

第3章　漢字意思大不同 ③：胡亂拼湊對　　063

日文	もののけ姫（ひめ）	タタリ神（がみ）	お邪魔（じゃま）します
中文	魔法公主	邪神	打擾了
日文	邪魔（じゃま）だな	風邪（かぜ）	風（かぜ）
中文	有夠礙事欸	感冒	風
日文	空港（くうこう）	空（そら）	飛行機（ひこうき）
中文	機場	天空	飛機
日文	滅茶苦茶（めちゃくちゃ）	めっちゃ	都合（つごう）
中文	亂七八糟	很、非常	是否方便
日文	都合（つごう）が悪（わる）い	都合（つごう）がいい	下手（へた）
中文	時間上不方便的	時間上方便的	不擅長、很差（客觀）
日文	苦手（にがて）	上手（じょうず）	得意（とくい）
中文	不擅長（主觀）	擅長、拿手（客觀）	擅長、拿手（主觀）

第 4 章

和式漢字：
沒有就自己創造！

「峠」到底是「山上」
還是「山下（智久）」？

大部分的漢字從中文的角度來看，大致都能看得出意思或猜到讀音，但你知道有一種字例外嗎？那就是……日本人自己造的漢字啦！嘿嘿，這個夠難了吧！主要是因為當原有的漢字無法順利呈現出日本人想表達的意思時，日本自製的漢字便誕生了！（喂我說日本人不要那麼聰明欸！這不是又把日文複雜化了嗎！）廢話不多說，趕快一起來挑戰看看，這些字你看得懂嗎？Let's Go！

「凪（なぎ）」：這個字中文意思是「**風平浪靜**」。這個應該是大家目前最熟悉的和式漢字了吧！尤其是今年的《藍色監獄》劇場版的男主角「**凪誠士郎**（なぎせいしろう）」讓這個字討論度變得更高，只是不少人好像只知道唸「NAGI」卻不知道漢字怎麼唸，甚至還在 Threads 上吵起來，說不會唸的都是假粉，超好笑。

不過更早出現的應該是來自日本的拉麵店「**ラーメン凪 Nagi**」（墨魚汁拉麵超好吃……喔不對直接離題耶），去吃過幾次之後都很難忘記上面寫的羅馬拼音了！

なぎ

啊！突然想到像**黒木華**（くろきはる）演過的日劇《**凪**（なぎ）**のお暇**（ひま）》（凪的新生活）的主角也是這個名字！

還有一個！如果你有看過《**鬼滅**（きめつ）**の刃**（やいば）》（鬼滅之刃），一定也會記得裡面的**水柱**（みずばしら）（不是水龍頭的水柱喔⋯⋯好吧，不好笑）──**富岡義勇**（とみおかぎゆう）。他的招式：「**水**（みず）**の呼吸**（こきゅう）**拾壱**（じゅういち）**ノ型**（かた）」（水之呼吸第十一式）就是叫「**凪**（なぎ）」喔！

再考你一個，那你知道「凪」的中文注音要怎麼唸嗎？答案是：「ㄓˇ」。其實中文讀音也是後來才有的，反正就有邊讀邊沒邊唸中間？它就是把風的中間換成了停止的「止」，中文意思就是「**風平浪靜**」。原來是這樣啊！難怪義勇的「拾壱ノ型」會是無視範圍內敵人的所有攻擊，全都被無效化，就沒辦法激起一絲波瀾，保持原本的平靜。（不愧是故事裡的邊緣人？）

「**凧**（たこ）」：跟上一個「凪」長得很像，不過意思完全不一樣！我們先來看看中間的字是什麼吧：巾。嗯⋯⋯是個滿有用的提示（是嗎？）。

一塊布巾在風中飄舞著⋯⋯？到底是什麼啦！難道是「**風箏**」？咦還真的猜對了嗎！一開始如果不看漢字，我還會以為是章魚咧。不過**章魚**的話是另一個漢字：「**蛸**（たこ）」。還真的有日本人會用這種雙關語，做出一個章魚造型的風箏，這樣大家喊：「**たこだ！**」（**是たこ耶！**）的時候就會分不清楚到底是在指風箏還是章魚了（笑）。

たこだ！

「**躾**（しつけ）」：一個「身」再一個「美」，該不會是美麗的身體吧（腦袋都在裝些什麼）？當然沒那麼簡單！不過常聽說只要心美，人就會跟著變美，該不會是跟人品有關吧？蛤，還差一點點嗎⋯⋯。公布答案，原來是「**教養、修養**」的意思啦！通常很少寫成漢字，會用「**しつけがいい**」「**しつけが悪（わる）い**」來形容一個人有沒有家教。

しつけがいい

另外,再補充一個獺獺也是最近才知道的日本5S(ごエス)(因為開頭的羅馬拼音是さ〔sa〕行的S開頭),是不少日本製造業工廠會執行的一種管理方式,來跟大家介紹一下:

1. 「**整理**(せいり)」:跟中文的「**整理**」意思相同,重點在於「丟掉不需要的東西,去蕪存菁」。
2. 「**整頓**(せいとん)」:就是把東西**好好擺好**,每次使用完就物歸原位,下次要找的時候才不會找不到。
3. 「**清掃**(せいそう)」:要好好**打掃**!
4. 「**清潔**(せいけつ)」:只要好好做到上面三個S,就可以維持整個環境的**整潔**,看起來清潔溜溜啦!
5. 「**躾**(しつけ)」:好好遵守規範,培養正確的觀念「**素養**」。

看完有沒有發現,其實這套管理系統套用在我們每個人身上也是

可行的,尤其是前陣子獺獺搬家時才發現,平時有在好好整理環境真的很重要呢⋯⋯。順便分享獺獺的整理法則,只要超過一個月沒使用的東西就可以考慮丟掉了,包括我的腦袋(喂不是啦)。

「峠(とうげ)」:這個字原本還沒有太常見,頂多在一些地名(像是北海道(ほっかいどう)的石北峠(せきほくとうげ)才會看到。直到前幾年因為改編成動畫而爆紅的作品《鬼滅之刃》,作者的名字「吾峠呼世晴(ごとうげこよはる)」裡頭出現了這個字,大家的討論度才突然升高,畢竟被問到鬼滅作者是誰時,總不可能回答「喔,就那個吾什麼呼世晴」吧!

那我們就先來解答中文的話這個字要怎麼唸:比較多的說法是唸「ㄑㄧㄚˇ」,也有人乾脆唸「卡」,不過如果用iPhone鍵盤打字拼「ㄍㄨˇ」也會找到這個字喔!

解決完了不是很重要(咦?)的中文發音後,接著就是要釐清日文意思了。一下子「山上」一下子「山下(不是山下智久)」的,到底是什麼意思啦?原來這裡代表「沿著山路爬上山的頂端後可以下山的位置」,也就是所謂的「山口(不是山口組)」或「山

頂」。有時也會用「峠（とうげ）」來形容某件事來到了最大的危機喔！例如「峠（とうげ）を越（こ）す」就是已經度過了最危險的狀態、有開始脫險或緩和的意思。例如醫療劇裡面就會有醫生對家屬說「峠（とうげ）を越（こ）しました」（病人已經脫離險境了）。

「辻（つじ）」：相信這個字又會讓大家再一次想起《鬼滅之刃》對吧？畢竟裡面的大BOSS就叫作「鬼舞辻（きぶつじ）無慘（むざん）」！話說鬼滅裡真的有好多名字都不會唸呢，你看像「竈門（かまど）禰豆子（ねずこ）」難度根本就五顆星……。好啦，扯遠了扯遠了，我們回頭來看「辻（つじ）」這個字！「辻」通常表示「十字路口」或「街道的交叉點」。

不過可別小看這個十字路口，除了過馬路很危險（欸？）以外，十字路口也被視為人們相遇、分別、命運的交織之地。在日本的傳說或習俗中，十字路口常常被描繪成神祕的場所，是各種靈異現象或神明顯靈的地方。

例如「辻占（つじうら）」這個傳統的占卜法，就是在十字路口等待路人，依照他們的回答來占卜運勢。之後江戶時代則演變成將吉凶命運寫在紙上來賣，還出現了把籤紙夾在餅乾中的「辻占煎餅（つじうらせんべい）」。據說美國的**幸運餅乾**就是從這裡來的喔！

第4章　和式漢字：沒有就自己創造！　071

身為抹茶控的獺獺，當然也要提一下有名的「辻利（つじり）」的「抹茶（まっちゃ）」啦！京都宇治茶專賣店「祇園（ぎおん）辻利（つじり）」品牌名稱中的「辻利」，源自初代店主「辻（つじ）利右衛門（りえもん）」之名，他自西元1860年開始在京都知名的抹茶產區「宇治（うじ）」地區進行宇治茶的生產和販售。之後轉至京都的祇園，並發展為事業基地，更名為「祇園辻利」後便經營至今。

辻（つじ）

「雫（しずく）」：只要是有看過葡萄酒的漫畫《神（かみ）の雫（しずく）》（神之雫）的人應該都對這個字不陌生，因為大家一開始都很在意它的中文讀音（笑），雖然到現在還是不知道哪個說法才對，不過漫畫上是寫「ㄋㄚˇ」啦！

首先來看看「雫」這個字的構造吧！「雫」的上半部分是「雨」，而下半部分則是「下」。從字形上來看，就很直接地把「雨水落下」這個情境給具體化了。
蛤？所以……這樣就結束了嗎？

當然不是！

「雫」這個字還帶有一種微妙的詩意。它表達的不是只有物理意義上的「水滴」，而是一種瞬間的美感。你稍微想像一下，一滴水從樹葉上滑落，穿過陽光，慢慢墜入池子中，激起了微微漣漪的瞬間。這樣的場景蘊含了短暫而珍貴的美，就像日本文學中對「儚（はかな）い」（虛幻的、變化無常的）的詮釋啊。（詩人模式開啟）

嗯咳咳……好啦扯遠了，不過前面也不是瞎扯淡，重點是要告訴大家人生很可貴，要好好把握時光欸，知道嗎？

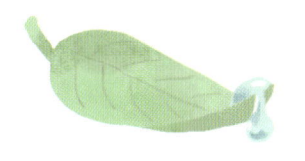

OK，滿前面講了那麼多，是時候也該下個總結：要不是因為動漫，才不會知道這麼多稀有漢字呢。（欸不是）

雫（しずく）

第4章　和式漢字：沒有就自己創造！

豆知識
不要再裝了

大家應該都知道日本人就是很常有「口是心非」的時候。怎麼說呢？因為他們講話都很婉轉！

例如獺獺要約大家出去玩，不能去的人可能就會跟你說：「**その日（ひ）はちょっと……**」(**那天的話有點……**)
直接講！出！來！不方便就不方便！真的沒關係欸（泣）。

這就算了，還有更進階的版本：
「**行（い）けたら行（い）く**」(**能去的話就去。**)
回這句話的人，如果是台灣人有很高的機率真的會來，但若是日本人的話，有10%的可能會來你就要偷笑了。

喔不要誤會，不是他們不值得信任，而是這句話本來就是日本人要拒絕邀約時的起手式啦！另外還有一種是在後面補一句
「**行（い）きたいのはやまやまなんだけど……**」(**我想去的情緒就跟山一樣高……**)
太多囉！真的可以不用這樣，不然你就會排除萬難來參加了（泣⇒氣）。

> 趣味小故事

到底是臥蠶還是眼袋啦！

日本女生還滿流行畫臥蠶的，有一次獺獺看到日本朋友也有在畫，想說來甜言蜜語誇獎一下，於是便開口：「**目袋（めぶくろ）かわいいね**！」得意地想著對方應該覺得台灣男生怎麼那麼貼心觀察吧，嘿嘿！

But就是這個But，朋友竟然瞪大眼睛露出一副很傻眼的樣子，好像是我說了什麼很失禮的話（事實上是這樣沒錯啦……）。我想說是不是不能講「**かわいい**」（**可愛的**），所以又（很白目的）說了一次「**目袋（めぶくろ）綺麗（きれい）だね**！」這次用「**綺麗（きれい）**」（**漂亮的**）總不會出錯吧！結果下一秒我看她拳頭都要砸在我臉上惹。

來跟大家解釋一下花生省魔術（發生什麼事），原來**臥蠶**根本不是什麼「**目袋（めぶくろ）**」，而是「**淚袋（なみだぶくろ）**」。聰明的你大概也猜到了，沒錯……「**目袋（めぶくろ）**」是「**眼袋**」！是「**眼袋**」！但我後來發現，我好像平常連中文也很常跟女生朋友講成她畫的「眼袋」很好看。奇怪了，我到底是怎麼活到今天的？（再次謝謝朋友們的包容）

小水獺單字集 LESSON 4

日文	凪（なぎ）	暇（ひま）	鬼滅（きめつ）の刃（やいば）
中文	風平浪靜	休閒時間、有空	鬼滅之刃
日文	水（みず）	呼吸（こきゅう）	凧（たこ）
中文	水	呼吸	風箏
日文	蛸（たこ）	躾（しつけ）	良（い）い
中文	章魚	教養、家教	好的
日文	悪（わる）い	峠（とうげ）	北海道（ほっかいどう）
中文	不好的、壞的	山頂、山口	北海道
日文	石北峠（せきほくとうげ）	吾峠呼世晴（ごとうげこよはる）	越（こ）す
中文	北海道地名	鬼滅之刃作者	跨過、跨越
日文	辻（つじ）	辻占（つじうら）	煎餅（せんべい）
中文	十字路口	十字路口的占卜	米果餅乾、仙貝
日文	辻利（つじり）	抹茶（まっちゃ）	辻（つじ）利右衛門（りえもん）
中文	抹茶的種類之一	抹茶	辻利抹茶的創辦人
日文	宇治（うじ）	雫（しずく）	神（かみ）の雫（しずく）
中文	京都府宇治市	水滴	神之雫
日文	儚（はかな）い		
中文	虛幻的、變化無常的		

第 5 章

無厘頭諧音哏：
大家最愛的左右腦記憶法

「きみが好き」是喜歡蛋黃，也是喜・歡・你！

說到怎麼做才能把陌生的單字一次記起來的方法，獺獺想最有效的方式一定就是諧音哏了吧！你看台灣有誰沒說過諧音笑話的？要台灣人一天不講真的Tainan了（被打）！只能說諧音哏血統根本無所不在。

諧音哏不但可以讓大家會心一笑，還可透過聯想記憶法讓你忘不了。

這些諧音雙關語有以下幾個特色：

1. 運用了同音異義詞。
2. 混合外來語與日語。
3. 結合一些擬聲詞。
4. 把標準語和方言混搭在一起。

在日本，諧音笑話被稱作「**馱洒落**（だじゃれ）」，也有人會說是「**親父**（おやじ）**ギャグ**」也就是**老爸會講的雙關冷笑話**。實際上，**諧音雙關語**日文的說法是「**語呂**（ごろ）**合**（あ）**わせ**」。

現在，趕快來練習一下怎麼講冷笑話……咳咳，不是啦！我是說學日文。

第一個先以動漫最經典的句子來舉例好了：

「**エレンの家**（いえ）**がぁああああ**」（艾連的家啊……！）

這句子出現在《進擊的巨人》第三季的53話中，柯尼看到村莊被超大型巨人襲擊的慘狀，苦笑地說了這個諧音笑話。

這裡的哏在於「**エレンの家**（いえ）**が**」的「**いえが**」，和主角艾連的姓氏「**イェーガー**」（**葉卡**）發音幾乎一樣。看來即使情況再危急，諧音哏也是人類無法忘記的存在呢（誤）。

好啦，廢話不多說，開始來「正式」介紹日文的諧音哏們吧！

第5章　無厘頭諧音哏：大家最愛的左右腦記憶法　　079

「カエルが帰（かえ）る」青蛙要回家了。

諧音 カエル（青蛙）／帰（かえ）る（回家）

笑點 「青蛙要回家了」，兩個「かえる」的發音是一樣的。

「猫（ねこ）が寝転（ねころ）んだ」貓咪躺下了。

諧音 猫（ねこ）（貓）／寝転（ねころ）んだ（躺下）

笑點 貓咪的「ねこ」和躺下的「寝転ぶ」都有一個「ねこ」的音。

「イクラはいくら？」鮭魚卵要多少錢？

諧音 イクラ（鮭魚卵）／いくら（多少錢）

笑點 相同的發音，但同時表達了兩個意思，還不小心組成了一個超順的句子！

「カレーはかれー」咖哩好辣啊！

諧音　カレー（咖哩）／かれー（好辣）

笑點　「かれー」的重複使用，一個是食物一個是形容詞。好辣原本是「辛（から）い」，不過年輕日本男生很愛把形容詞尾音變成「え」。例如「すごい（好厲害）」會說成「すげー」；「じゃない（不是）」會說成「じゃねー」。剛好「辛い」變化後會變成「かれー」，就跟咖哩的「カレー」同音囉！是不是超酷的！

「ラクダに乗（の）ると楽（らく）だ」
騎上駱駝就會很輕鬆。

諧音　ラクダ（駱駝）／楽（らく）だ（輕鬆的）

笑點　「楽」是輕鬆的意思，其實很好記：輕鬆的時候就會快「樂」！最後的「だ」就是「です」的常體，而將它們合起來就變成跟駱駝的「ラクダ」一樣了！

「カッターを買（か）った。切（き）れなかったー」
買了美工刀，結果切不了。

- 諧音 カッター（美工刀）／買（か）った（買東西）／切（き）れなかった（切不了、沒辦法切）
- 笑點 美工刀的「カッター」和買東西的「買（か）った」，再加上感嘆拉長的語氣說過去否定常體的「なかったー」，根本就是超完美的三重諧音哏！

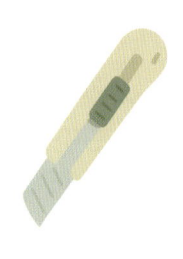

「コーラをこおらせる」把可樂冷凍起來。

- 諧音 コーラ（可樂）／凍（こお）らせる（使結冰）
- 笑點 「凍（こお）る」是結冰、冷凍的意思，如果用使役型態的「凍（こお）らせる」就會變成「把……結凍」的意思！這時候的「凍らせる」的「凍（こお）ら」跟「コーラ」是不是就有異曲同工之妙了呢？

「イルカはいるか」海豚在嗎？

- 諧音 イルカ（海豚）／いるか（在嗎）
- 笑點 「いる」就是「存在」，通常是用在有生命的對象上，例如

「人（ひと）がいる」（有人）。「いる」後面加上「か」通常代表問句的「嗎?」，因此「いるか」就是「在嗎?」的意思了。唸起來剛好就跟海豚的「イルカ」是一樣的音！

「虫（むし）は無視（むし）」無視蟲蟲。
諧音 虫（むし）／無視（むし）
笑點 蟲蟲的「虫」跟無視的「むし」同音，剛好可以組成「無視蟲蟲」的意思（不敢抓蟲的我看到也會無視牠們……）

「栗（くり）のクリーム」 栗子做的奶油。
諧音 栗（くり）／クリーム（奶油）
笑點 「栗」和「クリーム」的「クリ」剛好同音，而且還組成了一個感覺很讚的口味？

「君（きみ）は黄身（きみ）が好（す）き?」你喜歡蛋黃嗎？
諧音 君（きみ）（你）／黄身（きみ）（蛋黃）
笑點 「君」跟「黄身」都唸成「きみ」！告白的時候跟對方說「きみが好きだ」，如果對方拒絕就有藉口說「其實我是在說我喜歡蛋黃啦」（不要說我教的）。

「アイスを愛（あい）す」好愛冰品。

諧音 アイス（冰品）／愛（あい）す（愛）

笑點「アイス」和「愛す」……聽起來也是很自然的句子，但莫名其妙覺得好冷……可能是吃冰的關係吧。（一定不是）

「タレがたれた」醬料滴下來了。

諧音 タレ（醬料）／たれた（滴下來）

笑點「タレ」就是沾醬，像我最喜歡的醬燒雞腿肉串就是叫「ももタレ」（「もも」是雞腿肉的意思），而垂（た）れる是「滴下來」的動詞，是不是合起來也很神奇呢？

「このタイヤ硬（かた）いや」這個輪胎好硬啊！

諧音 タイヤ（輪胎）／硬（かた）いや（好硬啊）

笑點「や」是關西腔常用的語尾助詞，跟「だ」或「です」意思差不多喔！「硬（かた）いや」後面的「たいや」跟輪胎的「タイヤ」基本上同音，也就誕生了這個轉得有點「硬」的諧音哏（笑）。

「**スイカは安（やす）いか**」**西瓜便宜嗎？**

諧音　スイカ（西瓜）／安（やす）いか（便宜嗎）

笑點　跟前面的「イルカはいるか」（海豚在嗎？）是同個概念，只是後面換成了「安い」（便宜）！

「**焼肉（やきにく）は焼（や）きにくい**」**燒肉不太好烤。**

諧音　焼肉（やきにく）（烤肉）／焼（や）きにくい（難烤）

笑點　「動詞ます型＋にくい」是指「某件事不太好做」的意思，「焼（や）く」是「烤」的意思，「焼（や）き＋にくい」等於「肉很難烤」。剛好燒肉的日文是「焼肉（やきにく）」，根本是為了燒肉而誕生的諧音哏吧！？

「**廊下（ろうか）に座（すわ）ろうか**」**要坐在走廊嗎？**

諧音　廊下（ろうか）（走廊）／座（すわ）ろうか（要坐嗎）

笑點　「座（すわ）ろう」是「座（すわ）る」的意向型，也就是邀約別人做某件事的意思。最後加上「か」就會變成問句，而這時候「座（すわ）ろうか」的「ろうか」，就跟走廊的「廊下（ろうか）」一模一樣啦！（不過誰要坐在走廊啦）

第5章　無厘頭諧音哏：大家最愛的左右腦記憶法　085

「ホットケーキはほっとけー」別管鬆餅了。

諧音　ホットケーキ（鬆餅）／ほっとけー（別管它）

笑點　「放（ほう）っておく」就是「先放置」的意思，口語中也很常用到！把它再口語化一點就會變成「ほっとく」。「放（ほう）っておく」如果要變成命令型（叫別人幹嘛幹嘛）會講成「放（ほう）っておけ」，簡稱「ほっとけ」。然後，通常要加重情緒時，可以在後面加個長音變成「ほっとけー」，這唸起來是不是就跟鬆餅的「ホットケーキ」超像的呢？（雖然獺獺會選擇把鬆餅吃掉就是了）

「ワニが輪（わ）になる」鱷魚圍成了圈圈。

諧音　ワニ（鱷魚）／輪（わ）（圓圈）

笑點　「輪（わ）」就是圈圈，「○○＋になる」通常表示某樣東西變成了○○，「に」是用來接續前面那個東西的助詞。「輪（わ）＋に」聽起來就跟鱷魚的日文「ワニ」一樣，是不是很有趣！（但鱷魚好可怕）

「草（くさ）がくさい」草有點臭。

諧音　草（くさ）（草）／くさい（臭臭的）

笑點　非常無聊的諧音哏，就只是臭（くさ）い唸起來很像「草（くさ）」，沒別的了。（真「草」率）

「校長（こうちょう）は絶好調（ぜっこうちょう）」校長狀態超好。

諧音　校長（こうちょう）（校長）／絶好調（ぜっこうちょう）（狀態良好）

笑點　「好調（こうちょう）」跟「校長（こうちょう）」唸起來一樣，但……有那麼嗨的校長嗎？？？

「布団（ふとん）が吹（ふ）っ飛（と）んだ」棉被飛走了。

諧音　布団（ふとん）（棉被）／吹（ふ）っ飛（と）んだ（被吹走）

笑點　「布団（ふとん）」和「吹（ふ）っ飛（と）んだ」聽起來很像對吧？但如果真的飛走就不好笑了。

第5章　無厘頭諧音哏：大家最愛的左右腦記憶法

「ブドウ一粒（ひとつぶ）どう？」要一粒葡萄嗎？

諧音　ブドウ（葡萄）／一粒（ひとつぶ）どう（一粒如何）

笑點　「粒（つぶ）」就是一粒兩粒的那個「粒」，「どう」就是「如何」的意思，放在句尾就是問別人「……如何呢？」，加上前面的「一粒（ひとつぶ）」的「一粒どう？」就是「來個一粒如何呢？（不是問檳榔喔）」。後面的「ぶどう」跟葡萄的「ぶどう」就形成了一個超剛好的諧音！

「ゴキブリの動（うご）きぶり」蟑螂擺動的樣子。

諧音　ゴキブリ（蟑螂）／動（うご）きぶり（擺動的樣子）

笑點　「動詞連用型＋ぶり」的意思是「做某件事（看起來）的樣子」，而如果是用「移動、擺動」的「動（うご）く」接續的話，就會變成「動（うご）きぶり」，再把最前面的う去掉，唸起來跟蟑螂「ゴキブリ」就一模一樣了……真是可怕。另外補充，日本人也會不直呼「那個生物」的名字（剛剛明明才提過……）把它叫成「G」，因為「ゴキブリ」開頭的第一個音是「Go」。（有點像是台灣講小強的感覺啦）

「レモンの入（い）れもん」裝檸檬的容器。

諧音　レモン（檸檬）／入（い）れもん（用來裝東西的容器）

笑點「入(い)れ物(もの)」就是裝東西的容器,「もん」就是從「物(もの)」變化而來的,也有人說是「入(い)れもん」是方言。正如你所見,後面的「れもん」就跟檸檬同音了。還被做成了很多檸檬系列的「入(い)れもん」,因為基本上只要是可以放東西的小零錢包呀、小收納盒之類的都可以被叫作「入(い)れもん」喔!

「**電話(でんわ)が誰(だれ)もでんわ**」打電話都沒人接。

諧音 電話(でんわ)(電話)／出(で)んわ(沒人接)

笑點 這裡的諧音哏在於電話的「でんわ」跟沒人接的「出(で)んわ」,沒接電話的「出んわ」是怎麼來的呢?其實就是從「出(で)ない」變化來的。一般如果沒接電話我們會說「電話(でんわ)に出(で)ない」,後面加了わ就是「沒接電話耶」,那這個「出(で)ないわ」在口語就可以省略成「出(で)んわ」,說起來也比較輕鬆方便,是不是很有趣呢?

出(で)んわ

第5章　無厘頭諧音哏:大家最愛的左右腦記憶法

「梅（うめ）がうめー」梅子好好吃。

諧音　梅（うめ）（梅子）／うめー（好吃）

笑點　這邊也是用到了前面提到的把形容詞尾音變成「え」。所以，原本形容好吃的「うまい」就變成了「うめえ」或是「うめー」，跟梅子的「うめ」唸起來就變一樣囉！

「ツイッターでつい言（い）ったー」在推特上不小心說出來了。

諧音　ツイッター（Twitter）／つい（不經意）

笑點　「つい言（い）った」的「つい」是「不經意、不小心」的意思，最後拉長音有點像是「不小心說出來啦～」的感嘆句。而這時候包含長音的「つい言（い）ったー」就跟「Twitter（ツイッター）」唸起來幾乎一模一樣啦！想到的人真的很天才！

「ネギを値切（ねぎ）る」殺價買蔥。

諧音　ネギ（蔥）／値切（ねぎ）る（殺價）

笑點　諧音哏居然也能出現媽媽們在市場廝殺的畫面……好

啦,這個也是非常好懂,「値(ね)」就是「價格、價值」,「切(き)る」就是切菜的「切」,當你要把價格切掉一些時⋯⋯就是殺價「値切(ねぎ)る」啦。至於作為蔥的「ネギ」什麼會是諧音哏,想必「蔥明」的大家一定馬上就看出來了。(不要自己也偷玩諧音哏)

「内臓(ないぞう)がないぞ」沒有內臟喔!

諧音　内臓(ないぞう)(內臟)/ないぞ(沒有喔)

笑點　「ない」就是沒有,後面的「ぞ」是語助詞。如果你有看過《蠟筆小新》,就會發現他每一集的標題都會在最後加一個「ゾ」,意思跟「喔」差不多!這時候的ないぞ唸起來就會跟「内臓」幾乎一樣,只差在沒有長音,但還是很有創意的一句話!

「オカリナを借(か)りな」借我陶笛。

諧音　オカリナ(陶笛)/を借(か)りな(借我)

笑點　「動詞ます型+な」就是「請對方做⋯⋯」,這裡的「借りな」就是「借我」,再加上借東西的「借」,前面會用到的助詞是「を」,「を借(か)りな」聽起來就跟陶笛的「オカリナ」幾乎一樣了,直接諧音哏玩起來!

「僕（ぼく）さ、ボクサーなんだ」我啊，可是個拳擊手。

諧音 僕（ぼく）さ（我啊）／ボクサー（拳擊手）

笑點 在一句話後面加上「さ」就是「……啊」的語助詞，前面接的剛好是「僕（ぼく）」的話，只要稍微把「さ」拉長，唸起來就剛好和「ボクサー」的發音幾乎一樣，讓人不明所以的諧音哏句子就這樣誕生惹。

「言（い）い訳（わけ）をしていいわけ？」所以是找藉口也可以的意思？

諧音 言い訳（いいわけ）（藉口）／いいわけ（所以是可以的意思）

笑點 していい意思是可以做……加上わけ？會變成「所以做……是可以的嗎」這時候，後面的いいわけ剛好跟前面的「言（い）い訳（わけ）」組成了超完美諧音，有機會一定要對日本朋友講講看，看他會不會被冷到。（笑）

「トマトが止(と)まっとる」番茄停下來了。

諧音　トマト(番茄)／止(と)まっとる(停著)

笑點　「いる」關西腔會說成「おる」，所以像「止(と)まっている」也會變成「止(と)まっておる」，連在一起也可以說「止(と)まっとる」。這時候トマト跟「止まっとる」唸起來是不是幾乎一樣了呢？

「コーディネートはこーでねーと」穿搭就是要這樣才對。

諧音　コーディネート(穿搭)／こーでねーと(要這樣才對)

笑點　日本人常會在社群上打的「コーデ」就是「コーディネート」的簡稱，後面的こーでねーと原本是「こうでないと」(必須這樣才對)，ない轉成了比較男性的用法ね之後，就完全跟穿搭的唸法一模一樣了，實在是非常巧！

第5章　無厘頭諧音哏：大家最愛的左右腦記憶法　　093

> 豆知識

數字也能當作暗號？

日本人非常喜歡用數字的發音來做諧音雙關（就是章節最前面提到的「**語呂（ごろ）合（あ）わせ**」，有些數字組合帶有吉祥的寓意，而有些則是搞笑的用法。一起來看看幾個常見的數字諧音吧！

「**5 円**」：的日文發音是「ごえん」，與「**ご縁（えん）**」（**緣分**）發音相同，意思是「**ご縁（えん）がありますように**」（**希望緣分降臨**）。所以，日本人常用 5 円硬幣來祈求好運，特別是在神社投錢祈願時，會刻意投入 5 円硬幣，象徵「好緣」。

其他還有像「**11 円（じゅういちえん）**」，因爲 1 也可以念「いち」，所以是「**いい縁（えん）**」（**好的緣分**）、「**15 円（じゅうごえん）**」等於「**十分（じゅうぶん）なご縁（えん）**」（**十分有緣**）、「**20 円（にじゅうえん）**」就是「**二重（にじゅう）に縁（えん）**」（**雙重緣分**）等，都是屬於吉利的象徵喔！

相反的也有需要避免的例子！像是 **10 円**。你可能會想說「十元里美」明明就還不錯啊（好吧，不好笑）？但在日文中 10 也可以唸

作「とお」，發音和「遠（とお）い」（遠的）太接近了，好緣分可能會從你身邊飄走喔！

★懶人包：只要以 5 円為單位來投錢就不太會出錯啦！

39（さんきゅう）＝Thank you

數字「39」的日語發音可以讀作さんきゅう，聽起來就像英文的「Thank you」。因此，在網路留言或訊息中，日本人常用「39」來表示**感謝**。很多電商也會推出「**39 セール**」（**39 促銷活動**）來回饋客人喔！

另外「初音ミク」（初音未來）也會用「39」來代表她，因為 3 也可以唸「み」，九可以唸「く」，作為代表曲之一的《39 みゅーじっく！》也有「感謝音樂」的意義在喔！

4649（よろしく）＝請多指教

數字 4 可以唸「し」也可以唸「よん」，所以「4649」的日語發音就變成了**よろしく**（**請多指教**），下次玩線上遊戲看到有日本人傳這串數字，你就看得懂啦！有點像台灣人下線時會跟對方說「881」（掰掰伊）的感覺……嗎？可惡不小心透漏出年紀啦！

29 日＝肉（にく）の日（ひ）＝肉之日

數字「29」的日語發音是 に（2）＋く（9），與「**肉**（にく）」相

同,因此 每個月的 29 日在日本都被稱爲「**肉之日(にくのひ)**」,在這一天,有不少燒肉店、漢堡店都會推出優惠活動喔!

1129(いいにく)＝**いい肉**(にく)**の日**(ひ)＝**好肉日**
11月29日被視爲「**最高級的肉之日**」,有不少高級和牛店會在這一天進行特價活動!

2月22日＝猫(ねこ)の日(ひ)＝貓之日
數字2的發音是「に」,跟貓咪叫的擬聲語「にゃんにゃん」(喵喵)還滿像的,所以2月22日就成了日本的「猫の日」(貓之日)!

11月11日＝ポッキー&プリッツの日＝Pocky & PRETZ 之日
這個跟數字唸法就比較沒啥關聯啦,單純是「11.11」看起來像是一排細長的棒狀物(聽起來怪怪的?),後來就被固力果定爲官方的「Pocky & PRETZ 之日」,每年的這天也都會舉辦一些行銷活動呢!突然好想吃 Pocky 喔⋯⋯。

> 趣味小故事

用中文諧音哏記日文更快速

雖然說日文版的諧音哏已經算好記了,不過身為台灣人還是得玩一下中日混合的哏,對吧!

一日(ついたち):每月的「**一號**」,記法超簡單,只要記「初一大吉」!

お年玉(としだま):**紅包**的意思,可以用「我偷吸大麻」來記。(小孩子不可以亂學就是了)

粽(ちまき):「**粽子**」可以怎麼記?阿嬤蒸好粽子叫你「金罵去甲(台語)」!

梅雨(つゆ):每次到了「**梅雨**」季節,我的頭髮就會開始「出油」。(真實案例)

罠(わな):「**陷阱**」要設在哪比較好呢⋯⋯不知道要「挖哪」。

忙(いそが)**しい**:我很「**忙**」,結果旁邊的同事「伊爽甲欲死(台語)」!

蛤（はまぐり）：「**蛤蜊**」的日文也非常好記。用台語說大家應該都會唸作「ㄏㄚˊㄇㄚˋ」，日文的話，只要把台語＋中文一同唸出來就可以了：「ㄏㄚˊㄇㄚˋ蛤蜊（ㄍㄜˇㄌㄧˋ）」。是不是很神奇！

虫歯（むしば）：有「**蛀牙**」嗎？不用擔心，「**無需拔**」啦！

花火（はなび）：剛剛有放「**煙火**」？「**蛤哪邊**」？

わがまま：可以不要那麼「**任性**」嗎？小心「**我跟媽媽**」說喔！

たんぽぽ：「湯婆婆」的頭髮好像「**蒲公英**」喔！

窓（まど）：欸「**窗戶**」外面有「**媽斗**」在走秀欸！

＊其他有趣諧音記法可以到獺獺的 Threads 看更多唷～

小水獺單字集 LESSON 5

日文	駄洒落（だじゃれ）	親父（おやじ）ギャグ	カエル
中文	諧音哏	老爸會講的雙關冷笑話	青蛙
日文	帰（かえ）る	猫（ねこ）	寝転（ねころ）ぶ
中文	回家	貓咪	躺下
日文	イクラ	いくら	カレー
中文	鮭魚卵	多少錢	咖哩
日文	辛（から）い	ラクダ	楽（らく）
中文	辣的	駱駝	輕鬆的
日文	カッター	買（か）う	切（き）る
中文	美工刀	買東西	切、割
日文	コーラ	凍（こお）る	凍（こお）らせる
中文	可樂	結冰、冷凍	把……給結凍
日文	イルカ	いる	虫（むし）
中文	海豚	在、有（有生命的東西）	昆蟲
日文	無視（むし）	栗（くり）	クリーム
中文	無視	栗子	奶油
日文	君（きみ）	黄身（きみ）	好（す）き
中文	你	蛋黃	喜歡
日文	アイス	愛（あい）す	タレ
中文	冰品	愛	醬料

第5章　無厘頭諧音哏：大家最愛的左右腦記憶法

日文	たれる	ももタレ	もも
中文	滴下來	醬燒雞腿肉串	大腿、雞腿肉
日文	スイカ	安（やす）い	焼肉（やきにく）
中文	西瓜	便宜的	烤肉
日文	焼（や）きにくい	廊下（ろうか）	座（すわ）る
中文	很難烤	走廊	坐下
日文	この	タイヤ	硬（かた）い
中文	這個（+名詞）	輪胎	硬的
日文	ホットケーキ	放（ほう）っておく	ワニ
中文	鬆餅	放著不管	鱷魚
日文	輪（わ）	草（くさ）	くさい
中文	圓圈	草	臭的
日文	校長（こうちょう）	絶好調（ぜっこうちょう）	布団（ふとん）
中文	校長	狀態很好	棉被
日文	吹（ふ）っ飛（と）ぶ	ブドウ	一粒（ひとつぶ）
中文	吹走	葡萄	一顆
日文	どう	ゴキブリ	動（うご）く
中文	如何	蟑螂	移動、動作

日文	ぶり	レモン	入(い)れ物(もの)
中文	行為的方式	檸檬	容器
日文	電話(でんわ)	出(で)る	梅(うめ)
中文	電話	接(電話)、出去	梅子
日文	うまい	ツイッター	つい
中文	好吃的、拿手的	推特(twitter)	不經意
日文	言(い)う	ネギ	値切(ねぎ)る
中文	講、說	蔥	殺價
日文	内臓(ないぞう)	ない	オカリナ
中文	內臟	沒有	陶笛
日文	借(か)りる	僕(ぼく)	ボクサー
中文	(跟別人)借	我(小男生或是謙讓時會使用)	拳擊手
日文	コーディネート	こうでないと	トマト
中文	穿搭	必須這樣才對	番茄
日文	止(と)まる	言(い)い訳(わけ)	いい
中文	停下、停止	藉口	好的、可以的

第6章

講錯差很多的單字：

日文警察出動啦！

ビル（大樓）跟ビール（啤酒）只有一線之隔！

你是不是也很常遇過「在」「再」（「再」啦ㄍㄢ……）或是「ㄓ」「ㄗ」「ㄔ」「ㄘ」不分而搞得啼笑皆非呢？雖然日文中是沒有捲舌音啦，不過還是有很多一不小心講錯，意思就差很多的單字。一起來看看有哪些吧，日文糾察隊出動！

「ビル」：**大樓**的日文，一看就知道是從英文的Building來的，不過會發這個音的可不只有大樓啊！只要在中間加個長音進來，原本口中的大樓就變成了「ビール（Beer）」的**啤酒**，大概是喝得太醉的人才會講錯吧？！

ビール

「少女」：**少女**的日文讀音是「しょうじょ」，如果前面的「しょう」不小心忘記拉長音的話……哇，一個不注意就變成了**處女**座的「**処女**（しょじょ）」！少了一個長音實在是太危險了。

「おばさん」：雖然說在台灣叫別人歐巴桑好像不太好聽，但在日

本只要是**阿姨、舅媽、嬸嬸、伯母**都可以用這個「おばさん」。不過要注意在講「ば」的時候可別拉長啊……變成「おばあさん」就變成是在叫**阿嬤**，或是**老奶奶**啦！不多多多注意的話可是要挨揍的！

「エル」：「エル」就是「L」的日文讀音，別急別急，我知道你在想什麼……。你是不是在想，台灣人都唸「欸樓」啊，日文這樣很容易搞錯欸！沒錯，我接下來要說的就是常常在點餐時會發生的笑話。當你很興奮的跑去日本吃摩斯漢堡，準備點一杯L的紅茶，於是開口對店員說「欸樓Size」。他可能會先嚇到然後打電話說「喂是警察杯杯嗎……？」好啦，沒有那麼誇張，但也是有一點糟糕就是了。因為日文的「欸樓」會寫成「エロ」，也就是中文常常會出現的「工口」，是日文**色情**的意思。據說是從「エロチシズム」（eroticism）縮寫而來！好吧，現在你知道為什麼脫口而出後店員會越來越靠近電話了吧。

「パチンコ」：你應該也聽過「柏青哥」吧？聽過的話，那這個詞一定對你來說不陌生啦！就是很多日本上班族在下班路上常常會去光顧一下的**小鋼珠台**喔。但這個字本身沒有太大的問題（除非是把錢花光光……），但假如招牌上的「パ」哪天沒電熄掉剩下「チ

ンコ」的話，問題可就大了。這時候就會從「小鋼珠」變成了「**男生的小弟弟**」。嗯……都是「小〇〇」怎麼差這麼多。

パチンコ

「マンゴー」：日本人夏天最喜歡來台灣吃的芒果剉冰「**マンゴーかき氷（ごおり）**」的芒果就叫作「マンゴー」，這時候也要注意發音上除了這個「芒狗」要拉長以外，也不要講錯，講成「芒口」喔！

雖然看起來「マンコ」長得跟芒果的日文好像沒啥太大分別，不過意思可是大大不同！講成「**マンコ**」就會是「**女生的小妹妹**」的意思了啦。

咳咳……別說因為唸錯結果差點被「**通報（つうほう）**」（**報警**）的獺獺沒有警告過你……有沒有濁音可是很重要的！

マンゴー　　　　　マンゴーかき氷

「浮き輪(うきわ)」：是**泳圈**、**救生圈**的意思，聽起來好像不太可能犯錯講成什麼奇怪的意思，但要是你把「うきわ」說成「うわき」可就真的有點奇怪了……因為「浮気(うわき)」是**出軌**、**外遇**的意思啦！

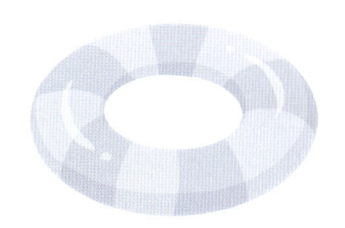

うきわ

「スフレ」：唸出來你就知道是啥了吧？沒錯！就是好吃的**舒芙蕾**啦！啊如果「ス」唸得太像「ソ」，日本人也不會聽不懂啦，但會偷偷地變成了另一個單字──「ソフレ」。只是這次不是食物，而是

第6章　講錯差很多的單字：日文警察出動啦！　　107

「**睡友**」。「**睡友**」就是字面上的意思，沒有肉體關係的兩個人睡在一起，聽說是種比較輕鬆的關係（第一次聽到時獺獺也覺得超特別的！），由來是從「**添い寝**（そいね）」（**在旁邊陪著睡**）開頭的「そ」，和「**フレンド**（friend）」（**朋友**）的縮寫「フレ」組合而成的新單字。

スフレ　　　　　　　　　ソフレ

「セリフ」：跟樓上的舒芙蕾一樣很容易講錯的還有這個「セリフ」，漢字也會寫作「**台詞**（せりふ）」，跟中文的**台詞**意思一樣，和它長得很像的單字是「セフレ」。

以前獺獺在大學演過日文戲劇，那時候就很常把這個字和「台詞」的「セリフ」搞混（汗），所以「セフレ」到底是什麼意思呢！其實就是「**炮友**」啦。是由「**セックスフレンド**」（**有性關係的朋友**），縮寫成「セフレ」的。

「**可愛**（かわい）**い**」：原本是想稱讚日本女生**可愛**，結果稱讚完，對方的表情居然變得有點可怕……。原來是「かわいい」的「か」不小心講成「こ」了啦！「**怖**（こわ）**い**」剛好就是**可怕**的意思，難怪對方會目露凶光，一副要掐死我的樣子（根本沒有好嗎）！

「**お菓子**（かし）」：**點心**的「おかし」如果把尾音拉長就會變得有點奇怪了……我不是開玩笑喔！因為多了一個長音唸作「**可笑**（おか）**しい**」就真的變成「**奇怪的**」這個形容詞了……好吧，不好笑。

「**ある**」跟「**いる**」雖然都可以解釋成「**存在、有**」的意思，不過搞錯就麻煩大啦！如果把「**カワウソがここにいる**」（**水獺在這裡**）的「いる」講成「ある」，這樣水獺就會變成一個物品啦！因為「いる」會用在有生命的對象上，而「ある」則是用在無生命的對象。

「兄」:「あに」是**哥哥**的意思,不過千萬別跟親近叫法「**お兄(にい)ちゃん**」搞混囉!不然要是把哥哥講成「おに」可就變成了「**鬼(おに)**」了!除非哥哥很常生氣,那可能真的沒叫錯啦……(跟**鬼**一樣)。

「**奢(おごる)る**」:**請客**的這個「おごる」,少了濁音也是差很多,會從請客變成**生氣**的「**怒(おこ)る**」。看看下面這兩句如果反過來說會多好笑:
「**怒らないで、奢るから!**」(**別生氣了,我會請客的啦!**)
「**奢らないで、怒るから!**」(**不要請客喔,我會生氣的!**)

「バイキング」：是「吃到飽」的意思，當初是從「Viking」北歐的海盜維京人這個詞來的。至於由來，是因為當時有部電影作品就叫作《バイキング》，裡面描繪了不少維京人在船上豪邁大吃特吃的形象，於是當時開店的吃到飽餐廳就開始使用了這個名稱，並沿用至今。

通常大家知道的吃到飽應該是法文的「buffet（ビュッフェ）」吧（感覺全球通用）！不過，如果會講「バイキング」就更Local道地了喔！但也要小心前面的這個「バ」若是少了濁音，會變得超級有趣⋯⋯它會變成健行的「ハイキング（hiking）」（笑）。也不能說完全不相關啦，畢竟吃完吃到飽也是要去健行消化一下的，對吧？（開始找理由）

「成田（なりた）」：去過日本的大家應該都會聽過「成田（なりた）空港（くうこう）」成田機場吧？但你知道這個田字其實暗藏著玄機，因為它可以讀「た」也可以讀「だ」（真的是有夠麻煩耶）。

像是另一個機場「羽田」就不唸作「はねた」，而是「はねだ」！忘記的話也沒有關係，可以看機場的縮寫就知道怎麼唸囉！成田的話是NRT＊、羽田則是HND。

＊ 不是NTR喔。寝取（ねと）られ的羅馬拼音縮寫，中文意指「被戴綠帽」。

第6章　講錯差很多的單字：日文警察出動啦！　111

「キッチン」：這個也是我本人超常講錯的其中一個日文啦！（雖然它是從英文來的），「キッチン」就是**廚房（Kitchen）**，你一定想說明明就很簡單，但就是很常不小心會講成「**チキン**」（**雞肉**）欸！別笑了啦，你是不是其實也犯過一樣的錯（笑）？

キッチン　　　　　　　チキン

「**栞**（しおり）」：中文意思是**書籤**。這個看起來很文青的漢字，唸作「しおり」但講錯的話就變得很不文青，甚至有點臭臭的（？）。

如果講反變成「おしり」就變成「**お尻**（しり）」，也就是**屁屁**的意思！事實上：還真的有日本廠商出了一款書籤叫作「**おしりのしおり**」（**屁屁書籤**），把書籤做成了貓貓的屁屁，超可愛的啦！

おしりのしおり

「**裸足**（はだし）」：這牽涉到獺獺非常慘痛的經驗，趁此跟大家分享一下（泣）。有一次看到日本朋友**光著腳丫**，想要練習光腳的單字「はだし（裸足）」，結果一個失誤把它講成「**はだか**（裸）」，就從「光腳」變成了「**裸體**」，實在有夠可怕、超害羞的。

はだし

「**ローソン**」：去過日本的人應該都去過ローソン（Lawson）這家便利商店吧？記得不要邊含滷蛋（誰會真的含著滷蛋講話啦）邊講，不然「ソ」的音發成了「ショ」，可就不是便利商店那麼簡單了……會很「滑順」的成了「**ローション**」（潤滑液）！

「**ラップ**」：別看獺獺這樣，其實我也是個嘻哈仔的，平常動不動就會聽一下**饒舌音樂**，跟日本人聊到音樂時也會很嗨的提到。

這時候岔題問一下大家，Rap 怎麼唸？通常會唸作「瑞ㄆㄜ˙」對吧！然後很自然地就會以為日文的發音是「レイプ」，誰知道正確唸法竟然是「**ラップ**」，而且唸錯成「**レイプ**」真的很糟糕……居然是「**霸王硬上弓**」的意思，大家可千萬要好好避開啊啊啊啊！

第6章　講錯差很多的單字：日文警察出動啦！　113

> 豆知識

每「分鐘」的唸法都不一樣？

日文搞錯唸法的情境有很多，往往我們自以為字面的讀音常常和實際不一樣呢（雖然日本人可能都聽得懂，但是唸對感覺就是比較帥啦）！例如到底有濁音沒濁音？有長音沒長音？有促音沒促音？你知道光是1分鐘～10分鐘的「分鐘」讀音就差很多了嗎？來讓我們一起看看吧！

1 分：不是「いちふん」而是「**いっぷん**」！
2 分：「**にふん**」，這倒是跟想像中一樣。
3 分：「さんふん」嗎？不是！是「**さんぷん**」！
4 分：有上面的經驗應該不會再唸成「よんふん」了吧！沒錯，當數字的結尾有「ん」就要唸「**よんぷん**」！
5 分：5 只有一個「ご」的音，所以後面不用特別變化，就唸作「**ごふん**」。
6 分：6（ろく）後面的「分（ふん）」也要變成半濁音的「**ろっぷん**」！
7 分：這邊也是不用變化唸「**ななふん**」就可以了。
8 分：這邊會有兩種唸法都是正確的：一個是標準的「**はちふん**」；另一個為有促音跟半濁音的「**はっぷん**」。不過讀作

「はっぷん」的比例會比較高喔!

9分:不用特別變化,就唸成「**きゅうふん**」。

10分:有兩個讀音!「**じっぷん**」或「**じゅっぷん**」都可以!你可能想說爲啥不能像「9(きゅう)」一樣唸「10(じゅう)」就好,但這樣就會跟「十分(じゅうぶん)」,**足夠**的意思搞混囉!這時候很玄的是,如果你看到日文寫「十分時間ある」就會無法判斷到底是指「有充足的時間」還是「有十分鐘的時間」,可能就要靠發音或是上下文來判斷囉!

很重要每天都會用上,多唸幾次就牢牢記住囉!

中文	日文
1分	いっぷん
2分	にふん
3分	さんぷん
4分	よんぷん
5分	ごふん
6分	ろっぷん
7分	ななふん
8分	はちふん / はっぷん
9分	きゅうふん
10分	じっぷん / じゅっぷん

> 趣味小故事

好可愛變好可憐？！

日文初學者都會遇到的文法 ──「そう」。意思是**「看起來好像⋯⋯」**的一種推測用法，適用於親眼看到某件事物，然後自己判斷出來的一個結果。基礎用法有：

い形容詞「去掉い」＋そう
な形容詞＋そう
動詞ます形「去掉ます」＋そう

好啦，聽起來好像不是很好理解，直接舉個例子就懂了！
假設桌上擺了一碗拉麵，冒著白煙的豚骨湯頭和顏色烤得恰到好處的叉燒，光是用看的就覺得好好吃，口水都快滴下來了，這時候就可以說「美味（おい）しそう」＝**看起來很好吃**。

不！過！有個特例一定要記起來啊！講錯可是會非～常～尷尬的，那就是「可愛（かわい）い」這個形容詞！剛學會初階文法的獺獺，很常運用目前所學的基（破）本（爛）日文跟認識的日本朋友聊天。有一次在討論現在當紅偶像明星很可愛的時候，想表達「看起來很可愛」，於是就用了這個「そう」的文法，說了一句「か

わいそうですね」想不到卻引來朋友疑惑的眼神。
原來是這個「かわいそう」也寫作「可哀想」，意思是「可憐的」！跟可愛一點關係都沾不上欸！那時才第一次發現「感覺很可愛」不能這樣講啦，應該要說成「可愛（かわい）らしい」才對。「可愛（かわい）らしい」可以表示「動作行為」讓人感覺很可愛，不一定要外表長得很可愛才能用喔！

順便再補充一下「らしい」這個文法好了，它跟「好像」的「そう」其實有點像。
不過它不是直接看到東西，而是根據一些「證據」來推測出「感覺好像……」這個結果。沒關係……聽起來好像很複雜，一樣舉拉麵的例子就會餓了……不對，是就會懂了！除了直接從色香味俱全的拉麵獲取「感覺很好吃」這個情報以外，假設這間拉麵店從早上11點就大排長龍，是不是也能判斷這間拉麵**好像很好吃呢？**

這時我們就可以說「美味（おい）しいらしい」（喔對，らしい前面是不用省略形容詞或動詞的，但是動詞要記得用原形喔！）而不是「美味（おい）しそう」！另外一種「らしい」的用法是聽到某個傳聞，例如你在茶水八卦間聽到同事**好像準備要結婚了**，就可以說成「結婚（けっこん）するらしい」喔！是不是都沒有想像中難呢？恭喜你又學起來兩個文法啦！

小水獺單字集 LESSON 6

日文	少女（しょうじょ）	処女（しょじょ）	叔母（おば）さん
中文	少女	處女	阿姨/舅媽/嬸嬸/伯母
日文	お婆（ばあ）さん	ビル	ビール
中文	阿嬤、老奶奶	高樓	啤酒
日文	エル	エロ	パチンコ
中文	英文的 L	色情	小鋼珠店
日文	チンコ	マンゴー	マンコ
中文	（男生的）小弟弟	芒果	（女生的）小妹妹
日文	通報（つうほう）	浮き輪（うきわ）	浮気（うわき）
中文	報警	泳圈、救生圈	出軌、外遇
日文	スフレ	ソフレ	添い寝（そいね）
中文	舒芙蕾	睡友	睡在旁邊、陪睡
日文	フレンド	セリフ	セフレ
中文	朋友（Friend）	台詞	炮友
日文	可愛い（かわいい）	怖い（こわい）	お菓子（かし）
中文	可愛的	可怕的	點心
日文	可笑（おか）しい	ある	いる
中文	奇怪的	在、有（無生命的東西）	在、有（有生命的東西）

日文	カワウソ	ここ	兄（あに）
中文	水獺	這裡	哥哥
日文	お兄（にい）ちゃん	鬼（おに）	奢（おご）る
中文	哥哥（親近的叫法）	鬼	請客
日文	怒（おこ）る	バイキング	ビュッフェ
中文	生氣	自助式吃到飽	吃到飽（buffet）
日文	ハイキング	成田（なりた）	空港（くうこう）
中文	健行	成田	機場
日文	羽田（はねだ）	キッチン	チキン
中文	羽田	廚房	雞肉
日文	栞（しおり）	お尻（しり）	裸足（はだし）
中文	書籤	屁屁	光腳丫
日文	裸（はだか）	ローソン	ローション
中文	裸體	Lawson便利商店	潤滑液、乳液
日文	ラップ	レイプ	
中文	饒舌	霸王硬上弓	

第 7 章

日文慣用語：
連貓的手都想借

「猫を被る」
把貓戴在頭上
居然能一秒「裝乖」？

想讓你的日文聽起來更道地更有 fu 嗎？那就一定不能錯過「慣用語」！不過光看慣用語一覽表，總覺得有點難懂、又有點無聊⋯⋯別擔心！這一章，獺獺準備了四個超有趣的小故事，讓你邊看故事、自然就學會各種實用的慣用語！

故事有溫暖療癒的「貓咪咖啡廳」、熱鬧好玩的「動物園」、從頭到腳的「健康檢查」，還有充滿冒險的「異世界生活」！每個故事都是獨立的小篇章，搭配各種慣用語的自然用法，讓你讀著讀著，不知不覺就全部學起來！

準備好了嗎？
跟著獺獺一起踏上旅途，把慣用語統統收進口袋裡吧！

貓咪咖啡廳

「歡迎光臨！」獺獺走進貓咪咖啡廳，首先便聽到了一聲爽朗的招呼聲。看到了一個穿著貓咪布偶裝的店員正熱情招待著來店的客人們。這也讓獺獺想到了一個日文諺語「猫（ねこ）を被（かぶ）る」，把貓戴在頭上，確實很符合店員現在的形象。

如果你覺得這句日文只是在指穿著貓咪布偶裝，那可就大錯特錯了！其實這句日文的意思是……「**隱藏本性**」或「**裝乖**」！一起來想像一下，把貓戴在頭上，看起來就像隻乖巧的小貓，但殊不知裡面裝的是一個悶到不行只想趕快下班的兼職大學生。不過這種實話……還是別說出來戳破小朋友的美夢吧。你看，他們多麼開心的在摸店員的貓頭（汗）。

猫を被る

看著看著，發現這布偶裝的貓咪額頭好像特別寬，不知道是不是因為為了讓店員可以塞進去裡面，所以有把頭的尺寸放大了，獺獺記得貓咪的額頭都小小的才對！啊……想到了貓咪的額頭，「猫（ねこ）の額（ひたい）」，就常常被用來形容「**面積很小**」的東西，通常是指一個區域的大小，例如庭院或空地喔！

和小朋友玩的貓咪布偶裝店員說起來也是很賣命，居然讓大家騎上他的背走來走去？！欸欸欸這可不是騎馬打仗，你們騎的是貓咪啊！旁邊的貓咪（真的貓）看到都嚇得把背拱起來了！⋯⋯

咦？「猫背（ねこぜ）」好像在哪裡聽過，不過有點忘記了。可惡，再看仔細一點⋯⋯拱起來的形狀⋯⋯就像是人在「駝背」的樣子！瞬間覺得日文讓駝背變得可愛了許多，不然獺獺只會一直把駝背想成很負面的詞。但大家還是要記得不要駝背，要多抬頭挺胸喔！畢竟日文的「猫背（ねこぜ）」不會讓人變得比較可愛啦⋯⋯真的。

雖然店員看起來很辛苦，不過可以整天處在有貓咪的環境，想想也是種天堂吧！說著店員果然就抓起旁邊一隻虎斑貓咪的手，但那隻虎斑貓咪好像不是很情願，這時獺獺便很疑惑的問了問店員：「啊你都這麼忙了怎麼還跑來抓貓貓的手手咧？」店員接著氣喘吁吁地回答：「因為我想隨便找一隻貓貓的手手來借用一下啊！」這時獺獺才恍然大悟，之前有學過一句慣用語是「猫（ね

こ）の手（て）も借（か）りたい」，連貓的手都想借來用，有點忘記是啥意思了。第一種可能性：「連貓的手都想借⋯⋯這個想必是看手相對吧？」第二種可能性：「一定是貓的肉球可愛到都想借來摸到爽！」可惜好像都哪裡怪怪的。過了幾分鐘的思考，終於想到啦！這句日文是「**忙到不可開交**」的意思！這樣說起來一切都合理了！

應該不難想像那個畫面吧！忙到兩隻手都閒不下來的時候，真的會很想哭⋯⋯恨不得趕快找個人來幫自己分擔一下！不管了，就算只有貓的手也借我用一下啦！而且說不定還包含至少可以用來療癒的部分？（店員內心 OS：不要在思考這些有的沒的趕快來幫我啊啊啊！）

猫の手

和忙碌的店員相比之下，這裡的客人們就顯得異常悠閒（畢竟人家也是花錢來吸貓的好嗎），即使貓咪看似不情願仍搓著他們的肚肚，邊喝著自己的下午茶和朋友們聊是非。突然間旁邊的一位阿姨「噗！」的一聲把茶噴了出來，大家嚇個半死趕快問阿姨是不是嗆到了！阿姨揮了揮手表示沒事，還說自己只是「猫舌（ねこじた）」。

不是吧⋯⋯獺獺整個嚇傻了，忍不住問：「難不成阿姨是貓生轉

世?」結果引發全場哄堂大笑。原來誤會大了,「猫舌(ねこじた)」指的是跟貓咪舌頭一樣會「怕燙」啊!那常常被熱湯燙到的獺獺也算是貓舌一族了,終於可以當可愛貓咪了嗎!(想太多)

喝完了下午茶,肚子還是有點餓(吃貨),於是獺獺翻了翻菜單,結果居然發現老闆竟然賣貓的食物給客人吃!這這這……太不能讓人接受了!準備提出抗議時正好聽到隔壁桌有店員在送餐,店員說著:「您的『猫飯(ねこめし)』來囉!」獺獺想著:終於被我逮到了吧!嘿嘿嘿……看我怎麼檢舉你們!

結果往桌上一看,這不就是很普通的一碗白飯加柴魚片嗎?聽了店員解說才知道,因為這種料理就是隨意將一些配料混在一起,看起來很像是給貓咪吃的**貓貓飯**而得名,也可以說成「ねこまんま」,而「まんま」就是幼兒時期的「めし」說法。天啊,這下子真的要鑽個洞躲起來了,居然連續誤會了兩次!

除了人類以外，貓咪們竟然也都吃完了下午茶，還跑回貓砂「方便」了起來。這時剛剛被茶燙到的阿姨問道：「你知道貓的便便在日文中還有其他含義嗎？」獺獺搖了搖頭回答：「還真的是第一次聽！我只知道有貓屎咖啡（開始賣弄自己的咖啡小常識）。」

這時阿姨又笑著說：「貓咪們上完廁所不是都會用貓砂蓋住自己的便便嗎？是不是跟做了壞事想藏起來的感覺很像？」想了一想好像也不是不可能，於是獺獺又再跟阿姨追問了其他細節，才知道「**猫糞**（ねこばば）」常用來指「**撿到東西占為己有**」的行為，一般來說會用片假名的「**ネコババ**」來使用，而這裡的「**糞**（ばば）」是江戶時代的幼兒語法。

ネコババ

歡樂的時光總是特別快，不知不覺就到了咖啡廳的休息時間，即使百般不願意還是得跟這些貓咪說掰掰了！獺獺唯一對一隻小黑貓實在是情有獨鍾，在臨走之前還塞了小費到牠的肉球裡，逗得大家哈哈大笑，還說這行為很像是「**猫**（ねこ）**に小判**（こばん）」。「**小判**（こばん）」指的是以前那種橢圓狀長形的金幣，也就是錢錢。

給貓錢錢難道是想收買牠們嗎？錯！貓哪有那麼好收買的啦！

第7章　日文慣用語：連貓的手都想借　　127

罐罐不拿出來他們可是不會跟你妥協的（泣）。所以說回來這個「給貓錢錢」，很明顯就是一個收買不了貓咪的方式，根本白做工。咦？好像不小心跟真正的意思連接上了耶！

猫に小判

其實這句指的就是「**沒有意義或價值**」的意思喔！畢竟就算你給貓貓小判去買罐罐好了，大家覺得這像話嗎！當然是手（主）下（人）買好罐罐，貓貓坐著等吃就好了（天啊，下輩子好想當隻貓。）。至於為什麼結帳櫃檯前那隻招財貓的手要抓著小判呢？看來又是另外一回事了。（老闆：當然是因為要好好的守好錢財啊！）

校外教學：動物園

在一個天氣晴朗的午後，獺獺跟著幼稚園大班（對，獺獺只有六歲！）的小朋友來到了校外教學的最後一站：動物園。一走進動物園，就看到一場狐狸的婚禮，原來是狐狸家族的女兒要出嫁了！結果沒過多久竟然就下起了太陽雨⋯⋯原來「狐

狐の嫁入り

（きつね）の嫁（よめ）入（い）り」（狐狸嫁女兒），就是**太陽雨**的意思啊！

雨停後，獺獺走著走著看到了賣飼料的地方，附近有一區是許多鯖魚（還沒被做成罐頭啦！）的生態池，於是買了一包飼料來餵牠們。順便看了一下旁邊的導覽介紹，寫著：「這裡鯖魚都不到一歲。」獺獺心想根本不可能，有一隻明明看起來就很老啊！又再仔細讀了讀上面的介紹，根本是「鯖（さば）を読（よ）む」嘛！也就是「**謊報數字或年齡**」！

さば

後來飼料還剩下一點，獺獺覺得可以拿去餵旁邊的麻雀。結果一把飼料撒出去，卻看到麻雀們竟然在哭！一問之下麻雀們抱怨：「這個量少到根本是『雀（すずめ）の涙（なみだ）』，跟麻雀的眼淚一樣少欸！」原來是嫌**太少**啊！獺獺嘆了口氣便默默走掉了。

雀の涙

今天的表演好豐富，居然還有動物選美比賽！獺獺看到一隻超

時尚的山豬戴著珍珠項鍊，忍不住靠近打卡拍照：「天啊！這根本是名媛豬吧！這不就是『**豚（ぶた）に真珠（しんじゅ）**』豬戴著珍珠嗎？」旁邊的導覽員笑說：「『**豚に真珠**』是在說『**把有價值的東西給不懂的人，也是白費工夫**』，也就是**對牛彈琴、雞同鴨講啦！**」獺獺尷尬地笑了笑，又多學到一個慣用語啦！「那旁邊這個和尚對著馬念佛，『**馬（うま）の耳（みみ）に念仏（ねんぶつ）**』也是一樣的意思嗎？」導覽員回道：「答對啦！」

除了選美表演外，旁邊還有猴群的戲劇魔術表演。仔細看了這場「**猿芝居（さるしばい）**」（**猴戲**），有好多破綻，一下子就被看穿了。原來這個詞後來也用來形容「**一下子就被拆穿的把戲**」。

獺獺看得太入迷，不小心踩空階梯跌倒，屁股都摔紅了，旁邊的小猴子居然還壞壞地笑了起來。真是的！牠們難道不知道自己的屁股也紅紅的嗎？這就是「**猿（さる）の尻笑（しりわら）い**」（猴

子笑別人屁股紅），意思是**笑別人短處的人，其實自己也差不多啦**！而且小猴子可能笑得太嗨，一個不小心從樹上掉下來，還好獺獺迅速接住了牠。真是「**猿（さる）も木（き）から落（お）ちる**」（猴子也會從樹上掉下來），比喻**再厲害的人也會有失誤的時候**！類似的慣用語還有「**河童（かっぱ）の川流（かわなが）れ**」（河童再怎麼會游泳也會被沖走）。

猿の屁笑い　　　猿も木から落ちる

猴子的事情還沒結束，一位遊客的貴賓犬不停地對猴子亂吠，猴子也不示弱地叫了回去，這就是傳說中的「**犬猿（けんえん）の仲（なか）**」，用來形容「**關係非常差**」。正當雙方準備要打起來時，突然聽到隔壁鳥園一聲響亮的鳴叫，原來是號稱動物園老大的紅鶴來勸架了。獺獺原本不太相信紅鶴竟然是老大，但牠一叫完，猴子和貴賓犬瞬間就安靜下來，原來這就是「**鶴（つる）の一声**

（ひとこえ）」，也就是「**一聲令下**」或「**權威者的發言**」的意思！

犬猿の仲

鶴の一声

聽說以前鳥園沒有鳥的時候，飛進來的蝙蝠就會偷偷自己當老大，正是「鳥無（とりな）き里（さと）の蝙蝠（こうもり）」，也就是「**山中無老虎，猴子稱大王**」啦！說回不甘示弱的猴子，竟然趁大家不注意，把木棍丟出去砸到了貴賓犬，真的是「犬（いぬ）も歩（ある）けば棒（ぼう）に当（あ）たる」，狗走在路上也會遇到棒子。原本的意思是沒做什麼也可能惹禍上身、**飛來橫禍**，後來也衍生出正面的意思，只要願意去嘗試，出了門就可能遇到好運、**喜從天降**。

鳥無き里の蝙蝠

接著獺獺走進兩棲館，一隻青蛙站在牆角一動也不動。獺獺靠近仔細瞧，原來隔著玻璃居然有一尾蛇！難怪會變成「**蛇（へび）に睨（にら）まれた蛙（かえる）**」的狀態，也就是「**嚇到動不了**」！而另一邊的老烏龜卻一臉冷靜的吃著食物，果然是「**亀（かめ）の甲（こう）より年（とし）の功（こう）**」，薑還是老的辣啊！

蛇に睨まれた蛙

亀の甲より年の功

最後獺獺去了迷你動物區，一群可愛的小倉鼠讓人療癒到不行。但旁邊有個袋子竟然不停地動來動去，打開一看原來是一隻小倉鼠不小心被困在飼料袋裡，真是一隻「**袋（ふくろ）の鼠（ねずみ）**」，也就是「**甕中捉鱉**」的意思啦！

袋の鼠

獺獺沒想到逛個動物園竟然能學到這麼多慣用語，於是開心地許願：「下次的校外教學也想再來動物園！」（雖然他自己也是一隻動物啦！）

健康檢查

在一個陽光明媚的早晨，獺獺被媽媽帶到醫院進行健康檢查。

「這次的檢查會從頭到腳檢查一次喔！」醫生說完後就開始了檢查。「嗯……你的頭還滿硬的耶！「**頭（あたま）が固（かた）い**」，感覺是個**固執**的傢伙呢！

聽完，獺獺便生氣了起來：「你說什麼！」
「好啦好啦，你的怒氣都跑到頭頂上來了，『**頭（あたま）が来（き）た**』就是**生氣**的意思喔！也可以說成『**腹（はら）がたつ**』不過這裡的『**腹（はら）**』比較像是代表腹中情緒一股腦湧上來了！」

獺獺的臉瞬間漲紅，簡直就像「**顔（かお）から火（ひ）が出（で）る**」一樣**尷尬**、**羞恥**到不行。不小心就被醫生發現了自己私底下脾氣不太好的祕密！不過醫生有補充，獺獺的人緣應該很好，因為「**顔（かお）が広（ひろ）い**」說是臉很寬廣，其實是講認識很多人、**人面很廣**的意思。聽到這裡，獺獺才稍微釋懷，偷偷的又得意

了一下。

接下來換視力檢查，醫生驚訝地發現獺獺的視力竟然幾乎是 2.0，看東西很敏銳，「**目（め）が高（たか）い**」也是在說很**有眼光**的意思！不過呢……只要把甜點放在獺獺面前，他馬上就像眼睛消失一樣，什麼都看不見了。「**目（め）がない**」，這裡指的是「**對某事物特別著迷、毫無抵抗力**」的意思！

下一站是聽力檢查，護士阿姨在檢查前細心說明注意事項，但獺獺越聽越想把耳朵摀起來。護士故意調侃他：「是不是覺得『**耳（みみ）が痛（いた）い**』**聽到很煩很刺耳**了啊？」獺獺頓時臉紅，看來是默認了呢（笑）。檢查出來的結果都很好，看來平常都有把耳朵保養好，也會「**耳（みみ）を澄（す）ます**」把耳朵清乾淨來**好好傾聽**朋友說話。朋友講話時，他還會「**耳（みみ）を傾（かたむ）ける**」，把耳朵靠過去**耐心聆聽**呢！

不過檢查到一半，獺獺因為太累，不小心睡著了。護士阿姨忍不住惡作劇，在他耳邊小聲說：「等等要把水倒進你的耳朵囉！」讓獺獺整個驚醒！就這麼剛好「寢耳（ねみみ）に水（みず）」就是用來指收到令人震驚、晴天霹靂的消息喔！

接著是檢查牙齒，躺下來的時候醫生發現獺獺的鼻子很高挺很好看，獺獺瞬間就「鼻（はな）が高（たか）い」自豪了起來。但說到牙齒就稍微有點糟，咬合力跟其他小朋友（？）比起來較差，「歯（は）が立（た）たない」，也就是「比不上」的意思。但獺獺的舌頭很靈活，可以轉來轉去，看來是個「舌（した）が回（まわ）る」口齒伶俐的小鬼呢！

結果醫生很快就補完獺獺的蛀牙，技術高超到讓獺獺不禁「舌（した）を巻（ま）く」捲起了舌頭，也就是「佩服不已」的意思啦！只不過在撬開嘴巴時費了不少工夫，畢竟獺獺的嘴巴可是非常堅固的！「口（くち）が堅（かた）い」也代表著獺獺對祕密總是守口如瓶！如果很容易說溜嘴，藏不住祕密的話就會變成「口（くち）が軽（かる）い」嘴巴很輕。醫生甚至差點「骨（ほね）が折（お）れる」費力到都快要骨折才好不容易讓獺獺打開嘴巴……。

順帶一提，獺獺偷看了一下醫生強壯的手臂，想必一定是「腕（うで）がいい」也就是說**技術超高**啦！如果這時醫生動了動手臂，指關節發出嘎嘎聲，細胞彷彿「鳴叫」了起來，「腕（うで）が鳴（な）る」代表他已經**躍躍欲試**想看診了，準備大展身手！

又到了最緊張刺激的量身高環節，為了讓自己看起來多個 5 公分，獺獺死命地挺起了胸，最後還真的長高了一點！讓獺獺不禁「胸（むね）を張（は）る」感到十分自豪、**自信滿滿**。如果之後要去當空少，萬一不小心脖子伸太長多報個幾公分被抓包，可能就會「首（くび）にする」被炒魷魚**解僱**了吧！

檢查結束後要換回便服，獺獺一個不小心，手腳卡在健檢用的診所服裡，「手（て）も足（あし）も出（で）ない」完全動彈不得，實在是**束手無策**。慌張之下還不小心「足（あし）を引っ張（ひっぱ）る」扯到了護士阿姨的後腿，害對方差點跌倒，真是個**妨礙別人**、**扯後腿**的豬隊友。

第7章　日文慣用語：連貓的手都想借　137

後來好不容易「**足（あし）が出（で）る**」把腳成功伸了出來，媽媽卻一邊結帳一邊嘆氣：「這次的健檢費用好像超出預算了呢。」獺獺這才發現，「**足が出る**」還有「**超支**」的意思耶！

異世界生活

獺獺迷迷糊糊睜開眼睛，發現自己躺在一個完全陌生的城鎮中。咦！我不是應該躺在家裡溫暖的床上睡覺的嗎？獺獺納悶地想。結果旁邊有個和尚看見他突然醒來，嚇得跌坐在地，大叫：「**南無三（なむさん）**！」獺獺也嚇了一跳，有點疑惑的心想「咦，南無三寶不是在祈求佛、法、僧三寶的意思嗎？」和尚回答：「現在是指遇到事情表達驚訝的時候可以講的口頭禪啦！有點像『**天啊、糟糕**』。不對⋯⋯重點是你怎麼會出現在這裡啦！」

獺獺聳聳肩，表示自己也不知道是怎麼被傳送（？）過來的。悄聲嘀咕：「這到底是哪個異世界劇情啊⋯⋯」和尚看他茫然的樣子，終於鎮定下來，摸摸頭解釋：「這裡是極樂之鄉，雖然名字聽起來很好聽，但其實是個充滿冒險元素的世界喔。」這介紹怎麼那麼像遊戲 NPC 會說的話啊⋯⋯。
獺獺都還沒吐槽完，就又聽到和尚驚呼：「你⋯⋯你怎麼開始變成了蜻蜓了⋯⋯！」獺獺往後一看，自己真的長出了一對翅膀耶！

原以為是件值得開心的事（畢竟會飛了欸！），後來聽了規則才發現：**太過於安逸或是樂天派的人**就會變成「極楽蜻蛉（ごくらくとんぼ）」。看來不知道哪來的自信讓獺獺相信自己一定有辦法成功登出。

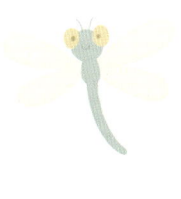

とんぼ

「那不然我該怎麼才能回去原本的世界？」獺獺更加緊張了。「你必須打倒鬼城裡的魔王才行（果然是王道遊戲的劇情設定啊）！不過他現在正在外出修煉（咦魔王也可以練等嗎？），終於可以好好趁這時候拿衣服出來洗了！不然平常拿新衣服出去洗都會被魔王搶走！正所謂「鬼（おに）の居（い）ぬ間（ま）に洗濯（せんたく）」，**趁可怕的人或平常需要顧慮的人不在時盡情悠閒放鬆**，反正現在暫時是和平的啦！」

和尚悠哉地說，似乎並不太擔心。「好啦大概懂了⋯⋯不過你也要小心不要變成蜻蜓喔。」獺獺說道。

獺獺嘆了口氣，決定先適應看看和尚的生活。但很快的，他發現異世界生活遠比想像中難。才短短三天，他就累得倒在基地的榻榻米上抱怨：「唉⋯⋯我根本是個『三日坊主（みっかぼうず）』，才當三天的和尚就撐不下去了啦！就跟我打遊戲一樣總是『**三分鐘熱度**』。」

和尚卻無所謂地拍拍他的肩膀：「沒事啦，只要你別去招惹魔王就好。」但話才說完，獺獺在好奇心驅使之下，竟偷偷摸進了魔王的宮殿探險。宮殿外只擺著兩尊雕像，左邊是鬼、右邊是蛇，「**鬼**（おに）**が出**（で）**るか、蛇**（へび）**が出**（で）**るか**」門的另一端，究竟是鬼還是蛇會出來呢？**事態難以預測**，真不曉得接下來會遇到什麼樣的難關！

鬼が出るか、蛇が出るか

一進宮殿大門，便觸動了警報器，魔王像是全服廣播的咆哮聲瞬間響起：「是誰擅闖我的領地！」接著便衝了出來。原本想說來場肉搏戰的獺獺，看到魔王竟然帶著他的狼牙棒出來 PK，直接嚇到魂不守舍，畢竟「**鬼**（おに）**に金棒**（かなぼう）」鬼加上鐵棒正是「**如虎添翼**」啊！正當獺獺陷入絕望時，和尚竟然以迅雷不及掩耳之勢衝進宮殿，

鬼に金棒

手上拿著閃耀著金光的法杖，氣勢完全像是「**神（かみ）がかり**」**被神附身**一般，異想天開地說：「別擔心！這裡交給我！」

經過一場驚天地泣鬼神的戰鬥後，正義還是勝利了。獺獺露出了得意的微笑。「你不要一副『**鬼（おに）の首（くび）を取（と）ったよう**』像是取下了魔鬼的頭一樣**洋洋得意**好嗎？明明就是在躺分而已！」和尚不禁吐槽起來。

話還沒說完，就聽到了魔王的啜泣聲，看起來是飽受委屈而落下眼淚。

獺獺驚訝不已，忍不住脫口而出：「這⋯⋯這就是『**鬼（おに）の目（め）にも涙（なみ）だ**』啊！

連鬼都會哭了，指的是**冷酷無情的人也有慈悲之心**」魔王哽咽

第7章　日文慣用語：連貓的手都想借　　141

道:「其實我也不想變成這樣,當年修行到一半太混,就被和尚拋下了。正因為討厭一個人跟他有關的所有東西我都討厭至極,『坊主(ぼうず)憎(にく)けりゃ袈裟(けさ)まで憎(にく)い』連看到和尚的袈裟都討厭!(難怪要把衣服都搶走)」和尚聽了,嘆氣道:「唉!這都怪我當年沒有好好教化你,就跟我『仏(ほとけ)作(つく)って魂(たましい)入(い)れず』做佛像沒有注入靈魂一樣,畫龍而不點睛,功虧一簣,僅僅做了表面功夫,才會讓你走上歪路的。」說著,和尚扶起魔王,結果兩人終於和好如初,真是めでたしめでたし,可喜可賀可喜可賀!

獺獺這時才鬆了口氣,然後癱軟在地板上,經過長期(?)抗戰終於落幕了,可以好好來睡上一覺了吧……。「哈喔~」打了一個大哈欠後便閉上了雙眼。不曉得是睡了多久後,醒來發現地板的觸感好像變得挺鬆軟的,果然是回到了溫暖舒適的床上!看來是昨天 RPG 遊戲玩太凶的關係才會夢到跟鬼戰鬥吧。獺獺起床把精采刺激的夢境和朋友分享後,朋友只說了句:「真是『鬼(おに)が笑(わら)う』這種超現實、不可能發生的事情,連鬼都會笑你啦!」

> 豆知識

日本人很喜歡冷的東西？

去過日本旅遊應該很多人都會發現，日本餐廳很少提供熱水，通常也不會有常溫水，而是加了冰塊的冰水！甚至到了冬天也一樣，究竟是為什麼呢？據說是因為吃拉麵或是炸物等重口味料理，喝冰水有助於快速解膩。

另一種說法是，過去的製冰技術沒那麼發達，在以前冰塊是貴重的物品，因此提供冰水也代表了對客人的尊敬喔！這時候你是不是也好奇，究竟冰水用日文要怎麼說呢？千萬不要以為是「冷（つめ）たい水（みず）」直翻成「冰的水」喔！其實這是有一個專有名詞的，叫作「お冷（ひや）」（冰水）。

除此之外，日本人也很常吃超商的冷便當，都不用微波的！這點則是跟攜帶起來比較方便，以及比較不會孳生細菌有關係！再加上冷便當比較不會有「一家烤肉萬家香」的情況發生，搭火車或新幹線時，吃冷便當比較不會飄出太多香味而影響到周圍的乘客。真不愧是盡量不干擾身邊人的日本人啊。

> ⚡ 趣味小故事 ⚡

考卷上打勾勾竟然代表答錯？

在日本留學的時候，曾經有一次的小考被老師打了個勾，原本沒很在意，直到被老師點到需要糾正，當下真的是有點問號⋯⋯。

畢竟在台灣，我們只要看到老師在考卷上用紅筆打勾，就代表答對。越多紅勾勾表示你越厲害。但到了日本卻完全相反喔！
在日本的考卷上，真正代表「正確」的是一個大大的圓圈圈。而老師在錯誤的地方，反而會打上勾勾或是打叉，提醒學生這裡有問題需要修改。

這時候你就可以理解了，為什麼很多人在看《哆啦A夢》時，看到大雄考卷上滿滿的紅勾勾，不禁會想說：「這不是全對嗎？怎麼會是零分！」結果下一秒才發現根本不是作者畫錯，其實是滿江紅啦！

小水獺單字集 LESSON 7

日文	猫（ねこ）	被（かぶ）る	額（ひたい）
中文	貓	戴（帽子、面具等）	額頭
日文	背（せ）	舌（した）	手（て）
中文	背部	舌頭	手
日文	飯（めし）	糞（ばば）	小判（こばん）
中文	飯	糞便	古代金幣
日文	狐（きつね）	嫁（よめ）	鯖（さば）
中文	狐狸	新娘	鯖魚
日文	涙（なみだ）	豚（ぶた）	真珠（しんじゅ）
中文	眼淚	豬	珍珠
日文	馬（うま）	耳（みみ）	念仏（ねんぶつ）
中文	馬	耳朵	念佛
日文	猿（さる）	芝居（しばい）	尻（しり）
中文	猴子	戲劇	屁股
日文	犬（いぬ）	仲（なか）	鶴（つる）
中文	狗	關係	鶴
日文	声（こえ）	鳥（とり）	里（さと）
中文	聲音	鳥	村落、家鄉

日文	蝙蝠（こうもり）	棒（ぼう）	当たる（あたる）
中文	蝙蝠	棍棒	撞上、命中
日文	蛇（へび）	睨み（にらみ）	蛙（かえる）
中文	蛇	怒視	青蛙
日文	亀（かめ）	甲（こう）	年（とし）
中文	烏龜	龜殼	年齡
日文	功（こう）	袋（ふくろ）	鼠（ねずみ）
中文	功績	袋子	老鼠
日文	頭（あたま）	顔（かお）	目（め）
中文	頭	臉	眼睛
日文	鼻（はな）	歯（は）	口（くち）
中文	鼻子	牙齒	嘴巴
日文	骨（ほね）	腕（うで）	胸（むね）
中文	骨頭	手臂	胸部
日文	首（くび）	足（あし）	水（みず）
中文	脖子	腳	水
日文	神（かみ）	金棒（かなぼう）	袈裟（けさ）
中文	神明	鐵棒	袈裟
日文	仏（ほとけ）	魂（たましい）	
中文	佛、佛像	靈魂	

第 8 章

日本流行語
一秒和日本人拉近距離

網路上常看到的「www」居然是在笑？

日本的流行語，也可以稱作「若者言葉（わかものことば）」。也就是年輕人的語言，多數是從學生之間、推特上的爆紅主題演變來的。

其中不少都是來自於「JK 流行語」，也就是日本女高中生之間流傳的人氣用語，根據獺獺的觀察，流行語在 2017 到 2020 年間最為興盛，到了現在比較多的都是動漫、J-POP、藝人相關的哏，相較前幾年來說，比較沒有那麼多縮語相關的用法。

加上流行語的壽命不長，所以很多沒聽過也很正常，因為日本人可能過了那個當紅時期就不會再使用。那就讓我們來回顧一下過去流行過的「若者言葉（わかものことば）」吧！

わかもの

「卍（マンジ）、マジ卍」：可不要以為這是指什麼佛教用語喔！更不是你在地圖上會看到的寺廟標誌！關於這個「卍（マンジ）」的意思嘛……不要說是台灣人了，就連日本人自己也不懂到底是什麼意思。大概只有日本 JK（女高中生）才能 GET 到吧（彷彿是她們的專屬暗號）！能用的情境很多（跟日文的「やばい」一樣，各種場合都適用），不管是今天心情好或不好都可以講，但多數會用在很嗨的時候（像是學園祭之類），或是拍照可以邊喊「卍（マンジ）」邊用手擺出「卍」字的姿勢！

「それな」：也可以說成「それ」，中文意思是「**沒錯啦！就是這樣**」，較多人公認的說法是「それな」來自關西腔。藉此也補充另一個關西腔中很常用到的「せやな」！跟日文的「そうだね」（就是說啊）「その通（とお）り」（就是那樣）意思相同，通常講的時候會搭配兩根食指指向對方。一開始真的不是太懂它的意思，因為「それ」的中文是「那個」的意思（N5 就學過的簡單單字），剛聽到的時候還會想說「什麼叫『那個』？『那個』到底是哪個？」。後來想想也算滿合理的，就很像我們中文也會講到的那句「哦……就你說的『那個』嘛！」。

「フロリダ」：唸出來是不是覺得是在講美國的「佛羅里達州」？嘿嘿，如果你這樣想可就被騙了！這裡要拆

それな

第8章　日本流行語：一秒和日本人拉近距離　149

成「フロ」跟「リダ」才有辦法理解。前面的「フロ」呢，其實就是「お風呂（ふろ）」的「ふろ」；而「リダ」則是「離脱（りだつ）する」的「りだ」喔！整句話的原文是「お風呂（フロ）に入（はい）るから離脱（リダつ）する」（我先去洗澡中離一下）喔！

「りょ」：**了解**的縮寫。你以為這樣就結束了嗎？不，日本人後來把這用法又更精簡化了一些，變成只要講「り」就可以了（到底是多懶？）。類似的還有像「ま」，是不是也看不出來是什麼字的精簡化呢？其實就是「マジ」（**真的**）的縮簡版啦！不是小孩子在喊的「媽～」喔（笑）。

另外很常用到的「ちな」也是一樣，是由「ちなみに」（**順道一提**）演變而來的！繼續看下去吧！（玩不膩）

「イミフ！」：要唸出來比較有感。「イミ」很明顯是「意味（いみ）」即中文的「**意思**」；那這個「意味（イミ）フ」也就呼之欲出啦！「イミフ」等同於「意味不明（いみふめい）」，也就是「**不明所以、不懂**」的縮語喔！

「ワンチャン」：這是來自於英文的「One chance（ワンチャンス）」。至於原本是用在什麼地方呢……？想不到居然是「麻雀（マージャン）」，所謂的「**麻將**」用語欸！完全沒想到原來是麻將打到某個決勝負的時刻，會用來表示「還有逆轉的機會」的意思。中文可以翻成「**有機會、有可能**」；跟日文的「ひょっとすると」（**說不定**）「もしかしたら」（**該不會**）意思很相似。

「なう・わず」：也是從英文來的，唸唸看就知道啦！沒錯，就是「now」（**現在**）跟「was」（**be 的過去式**）！至於用法也是超簡單，只要記得是「**名詞 + なう或わず**」就可以了。不過日常中不會用講的，而是在 X（前推特）上打自己的狀態時會用到，例如朋友剛好在環球影城玩，他就可以發「ユニバなう！」（**環球 ing！**）；而且也會看到有日本妹子會發好幾天前去迪士尼的美照，然後寫「ディズニーわず！」（**之前在迪士尼！**）。

「バズる」：來自於英文「buzz」這個單字，沒關係我也看不懂，直接解釋這個單字給你聽（超隨便）！就是「在社群上引起話題」的意思，簡單來說就是「**爆紅**」啦。如果說誰的貼文爆紅了，就可以說成「○○の投稿（とうこう）がバズった」。這種「**名詞+る＝動詞**」的結合方式在日文中也很常見，在後面一點的地方再來介紹吧！

「あーね」：這個也是縮簡過後的用法，原本的句子是「あ、そうだね」（啊，這樣啊），本來就已經是很敷衍的意思了，結果還把它縮得更短是怎樣！感到很不耐煩的時候可以用。中文意思有點像是「喔，是喔～」、「啊，不就好棒棒」的感覺！

「草（くさ）」：不是中文罵人的那個「沃草」啦！嘿嘿……這裡要發揮一點想像力才有辦法理解，不過聰明的你動動腦一定想得到！草的形狀如果用英文字母來表示，可以用哪個字母呢？沒錯，就是「w」！不過一個 w 可能看不出來，起碼要寫三個變成「www」，這你總會在一些留言看到了吧？

但既然它不是單純指草地的意思，那應該是跟這個 w 開頭的日文有關係吧？沒錯恭喜答對！它就是來自於「笑い（わらい，warai）」的羅馬拼音開頭 w！所以「www」就是「很好笑」的意思，又因為「www」看起來像一片草地，所以就變成了「草（くさ）」，是不是很有畫面感呢？另外，如果真的**好笑到憋不住**，可以說「草不可避（くさふかひ）」，甚至是打越多「w」，還可以衍生成「草原（そうげん）」、「森（もり）」，甚至是「山（やま）」……日本人還真是有想像力呢。

不過千萬要記得這個「草（くさ）」不要在現實中對話時使用，因為它是在網路上打

くさ

字才會用到的，如果講出來可就真的「草」了哈哈！

「彼（かれ）ピ」：**男友**的日文是「彼氏（かれし）」這裡就是把它變成很可愛的暱稱，也可以說成「彼（かれ）ピッピ」，不知道為什麼聽起來有點ㄎㄧㄤ就是了……。另外這個「ピ」呢，也可以指「ピーポー」（英文的 people）。

常見的用法有像是「パリピ」這個單字。沒看過嗎？沒關係。但你多少有聽過《派對咖孔明》對吧？原名是「パリピ孔明（こうめい）」，很明顯的「パリピ」就是「派對咖」的意思。由來的話也非常好懂，就是英文的「Party people」喔！

「タピる」：意思是**喝珍奶**。還記得 5、6 年前在日本風靡一時的台灣珍珠奶茶嗎？跟台灣簡稱「珍奶」一樣，日本人也將「タピオカミルクティー」縮短成了「タピオカ」來代表「珍奶」。然後日本很喜歡把一些名詞「動詞化」，像是前面介紹到的「バズる」（爆紅）就是一個例子。

「ぴえん」：因為哭聲的擬聲詞是「ぴえーん」，所以就用來表示「**哭哭**」的意思。這個詞比較多女生在用，畢竟聽起來很可愛嘛！打字的時候也可以用「PN」來表示（唸唸看就會發現聽起來差不多啦）。

ぴえーん

「知（し）らんけど」：這裡的「知らん」就是「知（し）らない」的關西腔，等於「知らないけど」的意思。中文可以翻成「**我也不確定就是了**」。原本是關西人在用，後來變成年輕人也都會使用。他們在說話時常會在最後加上這句，這樣就可以不用對他們說的話負責任了（欸）。例如：「明日（あした）テストあるんじゃない？知（し）らんけど。」（明天是不是有考試啊？我也不確定就是了。）

其他常見的還有像是「告白（こくはく）+る」變成「告（こく）る」（告白）、「グーグル（Google）+る」變成「ググる」（查估狗等。話說，我們常說的「**不會自己去估狗喔**」，日文可以說成「自分（じぶん）でググれよ！」）。

ググる

154　小水獺的日文魔法筆記

「氏（し）ね・タヒね」：可能是因為帳號很容易被ban的關係，現在網路上不太會看到直接打出ㄙˇ這個字，就連中文也會寫成「去s啦」或是「笑鼠／笑す（獺獺超常用）」來代替。日文的話呢，也是類似的方式，像第一個「氏（し）ね」就是用了「し」的同音字；「タヒね」的話第一眼還以為跟前面提到的「タピる」（喝珍奶）有什麼關聯，不過大家看清楚（激動）！「タヒね」的「ヒ」是沒有促音的啦（激動 x2）！再仔細看一下，咦？這個「タヒ」上面多加一橫的話不就是個ㄙˇ字嗎？

★獺獺的小補充★ 其實タピオカ不是「珍珠」的意思喔，它其實是「木薯粉」，「タピオカパール」才是「粉圓、珍珠」喔！

原來是網友的創意啊……不禁敬佩了起來。不對！大家！罵人還是不好的，我們一起改掉吧（握拳）。

這邊也稍微解釋一下為什麼罵人會用「死（し）ね」而不是「死（し）ぬ」，因為「死（し）ぬ」是單純指「死掉、死亡」的動詞，但你要罵別人「去○」就要轉為比較強硬、叫對方去做某件事情的「命令型」，因此動詞結尾的「ぬ」就會轉為命令型結尾的え段音

「ね」了！

「きまZ」：還記得前面有講到的「ぴえん＝PN」（哭哭）嗎？日文還有很多像這樣的用法！例如很常在社群上看到的就是這個「きまZ」，不用我說，你唸唸看就發現這個「Z」就是「ずい」唸快一點的黏音。就是「**尷尬**」的「**気（き）まずい**」啦（我們不是也會說「尬 damn」嗎（笑））！類似的還有像「**うれＣ－**」（好開薰）、「**かわＥ－**」（好口愛），只能說這種諧音喂日本人也是玩不膩欸！

「**しか勝（か）たん**」：「**勝（か）たん**」就是「**勝（か）たない**」（贏不了），不過這裡有個N4左右的文法要學，那就是「**……しか～ない**」！不要擔心，它非常簡單，表示「只……」、「除了……都不……」像這裡的「**○○しか勝たない**」就可以翻成「只有○○可以勝出」或「○○以外都贏不了」，多用在自己喜歡的偶像身上，也能解釋為日文的「**一番（いちばん）好（す）き**」或是「**最高（さいこう）**」。例如獺獺很喜歡日本女星「**浜辺美波**（はまべみなみ）」，這時候就可以說「**浜辺美波しか勝たん！**」（偷偷安利自己的偶像）。

「**蛙化現象**（かえるかげんしょう）」：近一兩年來最常聽到的流行語大概就非它莫屬了，據說是從青蛙王子的典故而來，故事說一說我怕你睡著，反正長話短說，就是青蛙最後變成了英俊的王子

（也太簡短？）。但蛙化現象反而相反，是從王子變回青蛙！原本指自己喜歡的對象也對自己有好感時，便會開始覺得對方很噁心的狀態；後來則變成另一半／喜歡的對象做了一些行為「讓自己的想像幻滅」。例如可能是突然打一個飽嗝，或是今天鼻毛忘記剪之類的……。

會特別想介紹這個詞，主要是因為獺獺最近在Threads上常常看到中文也有類似的流行語，感覺跟「蛙化現象」有異曲同工之妙，就是「**很解**」這個詞！也是在**指對方做了什麼行為，讓自己對這個人的感覺冷掉**。當時聽到就覺得：這根本是「蛙化現象」的台版嘛！（笑）

蛙化現象

> 豆知識

台日不能互相理解的地方？

是的沒錯，現在要跟大家講的就是台日之間的文化衝擊！

首先，學日文的人應該都曾經困惑過的用法，那就是：薬（くすり）を飲（の）む，中文直翻是「喝藥」。照理說不是薬（くすり）を食（た）べる，「**吃藥**」嗎？藥用吃的，水才用喝的吧（廣告台詞：一定要配溫開水）！初學者常常搞錯，千萬不要忘記喔！

再來是數字「六」大家會怎麼用手比呢？台灣的話，就把拇指和小指比成很像牛角麵包的形狀就可以了，但日本人可是會以為你在叫他「Call me maybe」喔！這時候日本人會用 5＋1 的方式呈現，所以是比出一個五之後，再用另一隻手的食指放在手掌上，就變成六了！

還有還有，你知道如果剛滿 18 歲去日本是不能喝酒的嗎？！因為日本的成年是 20 歲，所以還要等兩年才能喝啦！不過對於來台灣的日本留學生就是一大福音了，因為他們來台灣可以提早兩年喝酒！

接著是日本有很多個我跟你,「**我**」的話有像是「**私**(わたし)」、「**僕**(ぼく)」、「**俺**(おれ)」、「**あたし**」等;「**你**」的話則有「**あなた**」、「**君**(きみ)」、「**貴樣**(きさま)」……。但台灣就超簡單,不管什麼場合都可以用「我」就好。第二人稱的話,頂多有禮貌一點從「你」變成「您」,相較之下日本的版本真的複雜太多了啦!最後,有兩個我到現在還是無法理解的文化:

第一個,是日本人感冒的時候反而會吃冰!因為他們覺得冰冰的可以降火氣,甚至還能抑制喉嚨痛(我看醫生都要失業了)。當初在日本感冒時,跟日本朋友說不吃冰,結果拿到了一個果凍(?),這也是在日本除了冰品以外的另一種治病備品的樣子。

第二個,就是手機的喀嚓聲。剛去日本的時候因為手機摔到,加上領了獎學金(好像跟前者沒什麼關係),於是就興沖沖跑去買了一台新手機。結果悲劇發生了:從此之後我拍照都會帶有「喀嚓」的音效聲。原來日本為了防止偷拍,手機拍照都會啟動快門音效,但回到台灣就變得很尷尬,有時候只是拍個街景都要被路人懷疑是不是在偷拍,嗚嗚……。

★更新:不過好像到了現在,最新版本的IOS(Apple手機的作業系統)會偵測手機主人的所在國家,假如人在台灣就會自動把快門聲音關掉,但去到日本或韓國就會自動打開。

> 趣味小故事

親一下就中暑？！

不知道是不是平常講中文太常玩諧音哏的關係，有時候日文聽一聽也會聽成別的意思。還記得有一次夏天和日本朋友出遊，然後因為剛好正值中午時段，太陽大到不行，結果朋友就開口說了一句「ねぇ、ちゅーしよう？」（欸，要不要來親一下？）。

一開始還以為他是不是燒壞腦袋，不過想想平常相處的一些畫面，看著我的眼神也滿有愛的，該不會是……喜歡上我了吧！？雖然是男生，但也不是說不行啦。有點害羞的我準備把臉湊上去回應他時，他卻很生氣地把我推開！難道這就是所謂的欲擒故縱嗎？

正當我又準備再次貼近朋友時才忽然驚覺，**中暑**的日文好像是「**熱中症**（ねっちゅうしょう）」！原來一切都是我在自作多情嗎？連忙跟朋友解釋剛剛只是開玩笑，聽到他說快中暑了就假裝要幫他人工呼吸（好像沒有比較正常欸）。

……看來燒壞腦袋的好像是我？！

小水獺單字集 LESSON 8

日文	若者言葉（わかものことば）	JK：女子高校生（じょしこうこうせい）	卍（マンジ）
中文	年輕人用語	女高中生	JK 流行用語
日文	それな	それ	そうだね
中文	沒錯啦、就是醬	那個	就是說啊
日文	その通（とお）り	せやな	フロリダ
中文	就是那樣	就是說啊（關西腔）	洗澡先中離
日文	お風呂（ふろ）	離脱（りだつ）する	入（はい）る
中文	洗澡、澡堂	脫離	進入
日文	了解（りょうかい）	マジ	ちなみに
中文	了解	真的	順道一提
日文	意味不明（いみふめい）	ワンチャン	麻雀（マージャン）
中文	不明所以、不懂	說不定、有機會	麻將
日文	ひょっとすると	もしかしたら	なう
中文	說不定	該不會	= now（現在）
日文	わず	ユニバ	ディズニー
中文	= was(be 過去式)	環球影城	迪士尼
日文	バズる	投稿（とうこう）	あーね
中文	爆紅	發文	喔，是喔

日文	そうだね	草（くさ）	笑（わら）い
中文	就是說啊	草、www（好笑之意）	笑
日文	草不可避 （くさふかひ）	草原 （そうげん）	森 （もり）
中文	引申為很好笑	草原	森林
日文	山（やま）	彼氏（かれし）	パリピ
中文	山	男朋友	派對咖
日文	パリピ孔明（こうめい）	ぴえん	知（し）らんけど
中文	派對咖孔明	哭哭	我也不知道啦
日文	知（し）らない	明日（あした）	テスト
中文	不知道	明天	考試
日文	タピる	タピオカミルクティー	告白（こくはく）
中文	喝珍奶	珍珠奶茶	告白
日文	告（こく）る	グーグル	ググる
中文	告白	Google	查估狗
日文	自分（じぶん）	氏（し）ね・タヒね	死（し）ぬ
中文	自己	去屎	死亡、死去
日文	気（き）まずい	うれしい	かわいい
中文	尷尬	開心的	可愛的
日文	しか勝（か）たん	勝（か）たない	……しか～ない
中文	最愛……	贏不了	只有……

日文	一番（いちばん）	好（す）き	最高（さいこう）
中文	一號、最……	喜歡	超棒、很讚
日文	浜辺美波 （はまべみなみ）	蛙化現象 （かえるかげんしょう）	
中文	濱邊美波	蛙化現象、很解	

第 9 章

動漫語錄集
讓人可以前進下去的
精神糧食

「必死に積み上げてきたものは決して裏切りません。」

你至今為止所累積的一切不會背叛你。

不曉得對你而言,動漫是什麼樣的存在呢?

是每天放學衝回家只為追新番的期待?還是熬夜爆肝,只為看看主角能不能逆轉勝的激動?又或者,是那些角色說出的一句話,在你低潮時給過你力量、讓你重新站起來的溫柔?對很多人來說,動漫不只是娛樂,也是情緒的出口,是心靈的充電站,是一種「啊,我懂你!」的感覺。

本章獺獺要來分享那些動漫裡,曾經讓人聽了起雞皮疙瘩,或是不禁感到熱血,能暖到哭的經典台詞。這些話,不只是角色的台詞,更像是一封封來自二次元世界的信,跨越了螢幕直接打中內心。準備好了嗎?一起來重溫那些讓我們一秒熱血沸騰、一秒落淚的經典動漫語錄吧!也歡迎到 IG 或是 LINE 官方帳號告訴獺獺你喜歡的動漫語錄喔!

「下を向くんじゃねえええええ!!! バレーは!!!
常に上を向くスポーツだ。」―《ハイキュウ!!》

「不准低頭，排球永遠是向上看的運動！」―排球少年!!

單字Memo

日文	中文
下（した）	下面
向（む）く	朝向
バレー（バレーボール的簡稱）	排球
常（つね）に	經常、總是
上（うえ）	上面
スポーツ（Sport）	運動

文法Memo

句型結構	中文語意
動詞原形＋んじゃねえ	不准……（有強迫的意味）。

「才能は開花させるもの、センスは磨くもの!!!」
―《ハイキュー!!》

「才能要靠努力讓它開花，球感要靠磨練!!!」―排球少年!!

單字Memo

日文	中文
才能（さいのう）	才能
開花（かいか）させる	使開花（引申爲使才能展現）
センス（sense）	感覺、靈感
磨（みが）く	磨練、鍛鍊

文法Memo

句型結構	中文語意
動詞未然形＋（さ）せる	使役動詞，表示「讓……、使……」的意思。
……は……	表示強調前面的主語處於或屬於某種結果或狀態。

「負けたくないことに理由って要る？」

―《ハイキュー!!》

「不想輸需要理由嗎？」―排球少年!!

單字Memo

日文	中文
負（ま）ける	輸
理由（りゆう）	理由
要（い）る	需要

文法Memo

句型結構	中文語意
動詞ます形+たくない	表示「不想……」。
〜って	口語中的「という」的省略，用來引用&強調內容，可想成是上下引號「……」的用法。

「真実はいつもひとつ。」─《名探偵コナン》

「眞相永遠只有一個！」─名偵探柯南

單字 Memo

日文	中文
眞実（しんじつ）	眞相
いつも	總是、永遠
一（ひと）つ	一個

文法 Memo

句型結構	中文語意
主語＋は＋敍述	基本句型。
名詞＋は＋名詞	表示判斷或斷定，即「A是B」。

「あきらめたらそこで試合終了だよ。」

―《スラムダンク》

「現在放棄，比賽就結束了」

―灌籃高手

單字 Memo

日文	中文
あきらめる	放棄
そこで	那裡、當下
試合（しあい）	比賽
終了（しゅうりょう）	結束

文法 Memo

句型結構	中文語意
動詞た形＋ら	表示假設條件「如果……的話」。
名詞＋だ	斷定句型。
〜よ	語尾強調，傳達情緒。

「いちばんいけないのは、自分なんかだめだと思い込むことだよ。」─《ドラえもん》

「最要不得的就是覺得自己辦不到的想法喔。」─哆啦Ａ夢

單字 Memo

日文	中文
いちばん	最
いけない	不行、不該
自分（じぶん）	自己
だめ	不行、沒用
思（おも）いこむ	深信不疑、以為

文法 Memo

句型結構	中文語意
〜なんか	表輕視、貶低，例如：「自分なんか」＝像我這種人。
〜のは〜ことだ	主語強調句型「……的是……這件事」。
〜だよ	「是〜的喔」溫和但堅定的說法，用來勸說或提醒。

「できるかじゃねぇ。やるんだよ!!」―《呪術廻戦》

「不是什麼能不能做到，而是非做不可!!」―咒術廻戰

單字Memo

日文	中文
できる	能做到（する的可能形）
やる	做
じゃねぇ	不是（じゃない的男性口語用法）

文法Memo

句型結構	中文語意
動詞 ＋んだ	語氣強調，常用於男生堅定表達或命令。

「努力したものが全て報われるとは限らん。しかし成功したものは皆努力しておる。」─《はじめの一歩》

「努力不一定得到回報，但成功的人都是努力來的。」─第一神拳

單字 Memo

日文	中文
努力（どりょく）	努力
報（むく）われる	得到回報
限（かぎ）らん	不一定（限る的否定形）
成功（せいこう）	成功
皆（みな）	所有人、全部

文法 Memo

句型結構	中文語意
～とは限らない	並不總是～、不一定～
しておる	「している」的敬語或書面語。

「言葉には裏と表があって、口に出したことがすべてじゃないのよ。」―《ヴァイオレット・エヴァーガーデン》

「語言是有表裡兩面的，說出口的話不一定就是代表全部。」―紫羅蘭永恆花園

單字 Memo

日文	中文
言葉（ことば）	語言
裏（うら）	背面、內在
表（おもて）	外表、表面
口（くち）に出（だ）す	說出口
すべて	全部、一切

文法 Memo

句型結構	中文語意
〜があって	表示原因或並列。
〜じゃないの	女性語尾的柔和否定語氣，用來表達感慨或提醒。

「伝えたいことはできる間に、伝えておく方が良いと思います。」―《ヴァイオレット・エヴァーガーデン》

「想要傳達的話，要在能傳達的時候傳遞出去才對。」―紫羅蘭永恆花園

單字 Memo

日文	中文
伝（つた）えたい	想要傳達
こと	事情、內容
できる間（ま）	能夠做的期間
伝（つた）えておく	預先傳達好
方（ほう）が良（い）い	比較好～

文法 Memo

句型結構	中文語意
動詞たい形	表示想要做某事的願望（例：伝えたい）。
～ておく	表示事先完成某動作，以備未來（提前做）。
～方が良い	建議句型，表示「最好～、比較好～」。

「ただ後悔のねェ生き方、それが俺にとっての漢気よ。」
―《僕のアカデミアヒーロー》

「堅持自己不會後悔的生活方式，就是我所謂的男子氣概了。」―我的英雄學院

單字Memo

日文	中文
ただ	只有、僅僅
後悔（こうかい）	後悔
ねェ	口語「ない」的形式，表示否定
生（い）き方（かた）	生活方式、生存方式
俺（おれ）	我（男性用語）
漢気（おとこぎ）	男子氣概、男子漢氣魄

文法Memo

句型結構	中文語意
～ねェ	等於「ない」的粗俗口語（如男孩子氣的表達）。
～にとって	對～來說（表示立場）。
A それが B	強調 A 是 B 的本質或真義。

「『ありえない』なんて事はありえない。」―《鋼の錬金術師》

「這世上沒有什麼事情是『不可能』的。」―鋼之錬金術師

單字 Memo

日文	中文
ありえない	不可能、有違常理
なんて	這種〜、所謂的〜（貶義語氣）
事（こと）	事情

文法 Memo

句型結構	中文語意
名詞＋なんて	「像〜這種事」。
〜は〜ない	強調否定的語句。

「等価交換だ。俺の人生半分やるからおまえの人生半分くれ！」─《鋼の錬金術師》

「這是等價交換！我把我的人生給你一半，你也把你的人生給我一半吧！」

─鋼之鍊金術師

單字 Memo

日文	中文
等価交換（とうかこうかん）	等價交換
人生（じんせい）	人生
やる	給（口語）
くれ	請給我（命令語氣）

文法 Memo

句型結構	中文語意
名詞＋だ	是～（斷定語氣）。
～から～	原因、理由句型「因為～所以～」。

「他のやつと自分をくらべんな。
まずは自分に勝つことを考えろ。」―《銀魂》

「別拿自己和別人比。先想想怎麼戰勝自己吧!」―銀魂

單字 Memo

日文	中文
他 (ほか) のやつ	別人 (やつ為口語「人」)
自分 (じぶん)	自己
くらべる	比較
まずは	首先
勝 (か) つ	戰勝、贏
考 (かんが) える	思考、考慮

文法 Memo

句型結構	中文語意
〜とくらべる	和〜比較。
〜ことを考えろ	命令形,「去思考〜這件事!」
動詞原形+な	禁止語氣「不要〜」→ くらべんな (くらべるな 的口語變體)。

「『覚悟』とは!!暗闇の荒野に!!
進むべき道を切り開く事だッ!」
—《ジョジョの奇妙な冒険》

「所謂的『覺悟』！！就是在黑暗的
荒野當中！！開闢出應前進的道路！」
—JOJO的奇妙冒險

單字Memo

日文	中文
覚悟（かくご）	覺悟、心理準備
暗闇（くらやみ）	黑暗
荒野（こうや）	荒地
進（すす）む	前進
切（き）り開（ひら）く	開拓、劈開

文法Memo

句型結構	中文語意
名詞＋とは〜	所謂的〜是〜（強調定義）。
動詞辭書形＋べき	應該〜（義務或強烈建議）。

「もっとも『むずかしい事』は！『自分を乗り越える事』さ！」
―《ジョジョの奇妙な冒険》

「最『困難的事』是『超越自己』！」―JOJO的奇妙冒險

單字Memo

日文	中文
もっとも	最〜（最高級）
難（むずか）しい	困難的
乗（の）り越（こ）える	克服、超越

文法Memo

句型結構	中文語意
名詞＋を＋動詞	基本動詞句結構。
〜事（こと）	將動詞名詞化。

「生殺与奪の権を他人に握らせるな！！」─《鬼滅の刃》

「別讓他人掌握你的生殺大權！！」─鬼滅之刃

單字 Memo

日文	中文
生殺与奪（せいさつよだつ）	生殺予奪，掌控他人生死權力
権（けん）	權利
他人（たにん）	別人
握（にぎ）らせる	讓人握住、讓人掌控

文法 Memo

句型結構	中文語意
動詞未然形＋せる／させる	使役形，讓～做……
動詞原形＋な	禁止語氣「不准～、不要～」。

「俺がその夢を叶えるってことは、
誰かの夢を終わらせるってことだ。」
―《ブルーロック》

「我能實現自己的夢想，就代表得終結某人的夢想。」
―藍色監獄

單字 Memo

日文	中文
俺（おれ）	我（男性用語）
夢（ゆめ）	夢想
叶（かな）える	實現
終（お）わらせる	使結束

文法 Memo

句型結構	中文語意
〜ってことは〜	表示推論或結果「也就是說〜」。也等於「〜ということは〜」。
動詞＋こと	動詞名詞化，作主詞或主題用。

「落ちこぼれだって必死で努力すりゃエリートを超えることがあるかもよ。」
—《ドラゴンボール》

「就算是吊車尾，只要拚命努力，也有可能超越菁英喔。」—七龍珠

單字 Memo

日文	中文
落（お）ちこぼれ	吊車尾、失敗者
必死（ひっし）	拚命
努力（どりょく）	努力
エリート	菁英
超（こ）える	超越

文法 Memo

句型結構	中文語意
〜たって／だって	即使〜也〜（口語中的「ても」）。
〜すりゃ	すれば的縮略形，表示「如果做〜的話」。
〜かもよ	表示推測＋語氣加強（說不定喔〜）。かもしれない的縮減版。

「必死に積み上げてきたものは決して裏切りません。」
──《葬送のフリーレン》

「你至今爲止所累積的一切不會背叛你」──葬送的芙莉蓮

單字 Memo

日文	中文
必死（ひっし）に	拼命地
積（つ）み上（あ）げる	堆積、累積
決（けっ）して	絕對（後接否定）
裏切（うらぎ）る	背叛

文法 Memo

句型結構	中文語意
～てきた	表示持續到現在的動作或經驗。
決して＋否定形	表示強烈否定「絕對不～」。

「想いっていうのは言葉にしないと伝わらないのに。」
―《葬送のフリーレン》

「感情這種東西，不說出口就無法傳達啊。」―葬送的芙莉蓮

單字 Memo

日文	中文
想（おも）い	情感、思念
言葉（ことば）	語言、話語
伝（つた）わる	傳達

文法 Memo

句型結構	中文語意
～ないと	如果不～就會～（必要條件）。
～のに	表示逆接（明明～卻～）。

「心の支えが必要なのは子供だけじゃない。」
─《葬送のフリーレン》

「不是只有小孩才需要心靈支柱。」─葬送的芙莉蓮

單字 Memo

日文	中文
心（こころ）	心靈、內心
支（ささ）え	支撐、依靠
必要（ひつよう）	必要
子供（こども）	小孩
だけ	只是、只有

文法 Memo

句型結構	中文語意
～だけじゃない	不只有……

「ほんの少しでいい。
誰かの人生を変えてあげればいい。」
―《葬送のフリーレン》

「只要一點點也好，能改變某個人的人生就足夠了。」
―葬送的芙莉蓮

單字 Memo

日文	中文
ほんの少（すこ）し	只有一點點
変（か）える	改變

文法 Memo

句型結構	中文語意
～てあげる	表示為他人做～的行為。
～ばいい	只要～就好、這樣就行了。

「きっとこんなことをしたって世界は変わらない。
でも僕は目の前で困っている人を見捨てるつもりはないよ。」
─《葬送のフリーレン》

「這樣做也許無法改變世界，但我絕不會拋下眼前需要幫助的人。」
─葬送的芙莉蓮

單字 Memo

日文	中文
きっと	一定、或許
世界（せかい）	世界
変（か）わる	改變
困（こま）っている	陷入困境
見捨（みす）てる	拋棄
つもりはない	沒有打算～

文法 Memo

句型結構	中文語意
～たって／だって	即使～也～（「ても／でも」的口語用法）。
～つもりはない	表明拒絕或沒有意圖做某事。

「過去は変えられないけど 未来なら変えられるのかもしれない。」─《忘却バッテリー》

「過去無法改變，但或許還有機會改變未來。」─失憶投補

單字 Memo

日文	中文
過去（かこ）	過去
変（か）える	改變
未来（みらい）	未來
かもしれない	或許、也許

文法 Memo

句型結構	中文語意
～けど	逆接，表示轉折（但～）。
～かもしれない	不確定推測，表示「也許～、可能～」。

「大事なのはどう思われるかじゃない、
どう相手を想うかだ。」─《七つの大罪》

「重要的不是別人怎麼看你，而是你怎麼看待對方。」─七大罪

單字 Memo

日文	中文
大事（だいじ）	重要
思（おも）われる	被認為、被感覺（思う的被動形）
相手（あいて）	對方
想（おも）う	思念、考慮

文法 Memo

句型結構	中文語意
〜のは〜だ	主題強調句。
〜じゃない	不是〜（否定形式）。

「この世のすべての不利益は当人の能力不足。」
―《東京喰種》

「這世上所有不公平都是當事者能力不足導致的。」
―東京喰種

單字 Memo

日文	中文
この世（よ）	這個世界
不利益（ふりえき）	不利、損失
当人（とうにん）	當事人
能力不足（のうりょくぶそく）	能力不足

文法 Memo

句型結構	中文語意
名詞＋の＋名詞	表示所有或關聯。
～は～だ	基本的斷定句型。強調主語「すべての不利益」是「当人の能力不足」。

「相手のことを知らないまま、間違ってるって決めてしまうなんて・・・そんなのが正しいなんて、僕には思えない。」
―《東京喰種》

「還不認識對方，就急著說他錯了……那樣怎麼會是正確的，我實在無法認同。」

―東京喰種

單字 Memo

日文	中文
相手（あいて）	對方
知（し）らないまま	還不知道的狀態下
間違（まちが）ってる	錯的（間違っている的口語省略）
決（き）めてしまう	決定了（包含「做完、草率」之意）
正（ただ）しい	正確的
思（おも）えない	無法這麼想（思う的可能否定）

文法 Memo

句型結構	中文語意
～まま	保持某種狀態（例：知らないまま＝在不知情情況下）。
～てしまう	做完、忍不住做了。有時帶有後悔、遺憾語氣。
～なんて	用於強調驚訝、不認同。
～には思えない	表示「對我來說無法認同／不這樣想。

「他人にしっかり怒れるというのは大切な事だよ。その怒りが正しい方向に向いてさえいればいいんだ。」―《東京喰種》

「能對他人認真生氣是一件珍貴的事―只要那份怒氣是朝正確的方向就好。」

―東京喰種

單字 Memo

日文	中文
他人（たにん）	他人、別人
しっかり	好好地、確實地
怒（おこ）れる	能生氣（怒る的可能形）
大切（たいせつ）	重要、珍貴
怒（いか）り	怒氣
方向（ほうこう）	方向
向（む）く	朝向

文法 Memo

句型結構	中文語意
～というのは～だ	所謂……就是……
～さえ～動詞可能形＋ば	只要……就……

「足の痛みは消える。でも後悔は消えない。」―《orange》
「腳的疼痛會消失，但後悔不會。」―橘色奇蹟

單字 Memo

日文	中文
足（あし）	腳
痛（いた）み	疼痛
消（き）える	消失
でも	但是
後悔（こうかい）	後悔

文法 Memo

句型結構	中文語意
Aは……、Bは……	強調 A、B 兩者不同的對比句型。

「重かったら無理して持たなくてもいいんだよ。みんなで持てば重くない。」─《orange》

「覺得擔子太重的時候，不必勉強自己去扛，大家一起扛就不重了。」─橘色奇蹟

單字 Memo

日文	中文
重（おも）い	重的
無理（むり）	勉強、逞強
持（も）つ	拿、承擔
みんな	大家

文法 Memo

句型結構	中文語意
～なくてもいい	不需要……也沒關係。
～ば～	假設條件句（……的話）。

> 豆知識
日本人真的很愛簡稱

日本的敬語或是一些日常慣用句雖然都給人很長的印象（OS：那麼長誰看得完），但你知道嗎？其實日本人也是超！愛！簡！稱！拿本章介紹的內容來說好了，光是「動畫」這個詞，就是從「Animation」演變成「アニメ」的（反而現在又反過來影響國外，連英文都有 Anime 這個詞了）。

舉一些比較常見的動畫作品來說，像是「ポケットモンスター」變成「ポケモン」（「寶可夢」就是這樣來的，但我比較喜歡叫它「神奇寶貝」啦）；《鋼の錬金術師》（鋼之錬金術師）會變簡稱為「ハガレン」；《僕のヒーローアカデミア》（我的英雄學院）被簡稱為「ヒロアカ」；《この素晴らしい世界に祝福を！》（為美好的世界獻上祝福！）被簡稱為「このすば」；《Re:ゼロから始める異世界生活》（Re:從零開始的異世界生活）簡稱為「リゼロ」等。

咦？你說如果不知道簡稱要去哪裡找？很簡單！例如我想知道《光が死んだ夏》（光逝去的夏天）這部動畫的簡稱，就直接到他們的官方推特看一下 ID 便知囉！你看上面寫著「@hikanatsu_anime」，答案不就出來了嗎！就是「ひかなつ」啦！

其他生活中常用到的還有：

コンビニエンスストア	→ コンビニ	（便利商店）
マクドナルド	→ マック	（麥當勞）
スマートフォン	→ スマホ	（智慧型手機）
スターバックス	→ スタバ	（星巴克）
パーソナルコンピューター	→ パソコン	（個人電腦）
ファミリーレストラン	→ ファミレス	（家庭餐廳）

デパート地下食品売り場（ちかしょくひんうりば）
　→ デパ地下（ちか）（百貨公司地下美食食品街）

ゲームセンター	→ ゲーセン	（遊樂場）
リモートコントロール	→ リモコン	（遙控器）
セクシャルハラスメント	→ セクハラ	（性騷擾）
コストパフォーマンス	→ コスパ	（性價比）

就職活動（しゅうしょくかつどう）
　→ 就活（シュウカツ）（為了找工作所從事的活動）

結婚活動（けっこんかつどう）
　→ 婚活（コンカツ）（為了結婚所從事的活動）

厚生労働省（こうせいろうどうしょう）
→ 厚労省（こうろうしょう）（相當於台灣的衛福部＋勞動部）

関西空港（かんさいくうこう）→ 関空（かんくう）（關西機場）
木村拓哉（きむらたくや）　→ キムタク（演員：木村拓哉）
Mrs. GREEN APPLE　　　　→ ミセス（日本知名樂團）
主食用パン　　　　　　　→ 食パン（吐司）
インフルエンザ　　　　　→ インフル（流感）
バスケットボールシューズ → バッシュ（籃球鞋）
スクリーンショット　　　→ スクショ（截圖）
サブスクリプション　　　→ サブスク（訂閱服務）
レジスター　　　　　　　→ レジ（收銀台）
アポイントメント　　　　→ アポ（報告）
コピー＆ペースト　　　　→ コピペ（複製貼上）

リアルが充実（じゅうじつ）している
→ リア充（じゅう）（現實生活過得很充實的人）

メールアドレス　　　　→ メアド（電子郵件地址）
アルバイト　　　　　　→ バイト（打工）
プレゼンテーション　　→ プレゼン（簡報）
お疲（つか）れ様（さま）→ 乙（おつ）（辛苦了）

アカウント	→ 垢（あか）(帳號)
オペレーション	→ オペ (手術)
セクシャルハラスメント	→ セクハラ (性騷擾)
あけましておめでとう	→ あけおめ (新年快樂)
メリークリスマス	→ メリクリ (聖誕快樂)

是不是很有趣呢？下次去日本時也可以用用看喔！相信日本人一定會嚇一跳的（笑）。

> 趣味小故事

那些學日文後常有的通病

不知道大家在學生時期有沒有遇過一種同學，講話的時候常常會說「欸抖……」「啊咧？」，不禁讓人以為是不是動畫中毒太深，連說話方式都變得很日式。直到我開始學日文才發現，是真的不小心就會「切換頻道」。聽朋友講解完遊戲攻略會點頭：「**なるほどね……**」（**原來如此啊……**）覺得別人說的有道理時會附和：「**たしかに……**」（**確實……**）聽不懂就發出：「**え？**」（**咦？**）而且是會差點破音的那種。吃到好吃的甜點不是說「好好吃」，而是說：「**やばっ！うまっ！**」（**天啊，超好吃！**）

聽朋友分享故事不定時就會發出「**へー**」配上一個吃驚表情，還會被說「怎麼學個日文整個人都變得跟日本人一樣客套」。
最可怕的是，竟然已經不會自然說出「**真假啦**」，而是覺得講「**マジで？**」比較有 Fu……。

不過，隨著學日文的人越來越多，現在口頭禪變成日文似乎也不是一件特別奇怪或中二的事情啦！而且不知不覺也成了一種共通語言了，只能說日本文化實在很有存在感！而且先從簡單的口頭禪開始慢慢培養口說的習慣，也是練好日文口說很好的第一步！

第 10 章
日文學習心法
開局決定你的學習效率！

「焦らなくていいよ！」
別急，持續累積經驗值，你也能成為勇者。

首先，恭喜打開這個章節閱讀的你已經邁出成功的第一步了。（哎呀，不小心翻到這頁是不是？那就留下來看完吧！）

為什麼要這樣說呢？原因很簡單，好的起心動念是成功的一半。從想法開始，你就和其他人有了區別，這也是影響能否成功的關鍵之一。

我在出社會工作後，學到一句非常有道理的話：「你不用很厲害才能開始，是開始了才會很厲害。」這句話對我的人生有很深的影響。從此我了解到「試錯」是達成目標的最佳捷徑。只有在實行計畫的同時，我們才能找到解決問題的答案。沒有行動，所有的夢想都只是空談，所以不妨先踏出第一步，讓夢想不再遙不可及吧！

當然我也不是在叫你盲目地埋頭苦幹啦，透過行動得到反饋後，

依此定期修正自己的方向,這樣才能避免最後又得重新來過的窘境,就像玩遊戲,沒有對應好敵人屬性就胡亂進攻,花了一兩個小時打BOSS,結果最後卻Game Over一樣。你可能聽過:「如果飛機起飛的方向差了一點角度,最後的目的地就會截然不同。」這句話告訴我們,回顧跟調整計畫是非常重要的,無論是在飛行,還是在人生的道路上。

好啦,我知道這開場白可能有點冗長,看起來你也快要睡著了。不過別擔心,接下來會分享我學習日文的經歷,希望可以讓你馬上振奮起來!

學日文的契機

現在要我回想「為什麼學日文?」的話,就得回溯到高中時代。不知道是命運的安排,還是誤打誤撞(?)就走進了日文的殿堂,而這個故事開始於 N 年前的高一生活。

雖然說國中也去過一趟京都，但就是很單純的家族旅遊。雖然我們沒有跟團，但整個行程就是兩點一線：循著飯店、景點、飯店、景點的節奏前進。極度無腦的跟著旅遊攻略書去二年坂、金閣寺、清水寺、平等寺、京都車站、錦市場之類的幾個王道景點逛逛就結束了。和飯店員工、餐廳老闆之間的互動也僅限於簡單的打招呼——空你吉哇、吉伊卡哇（？）之類的。有一次真的尿急要問廁所在哪兒，也是用英文來解決問題，而且還是逼不得已之際才會跟日本人開啟對話模式。

然而，到高一可就不一樣了。學校舉辦了一場活動，其中包括姊妹校學生的參訪行程。由於活動被冠上了「教育旅行」的名號，海報上還放著笑容滿面、青春洋溢的日本妹子。我決定冒著「跟日本學生交流」的名義，向父母哀求：「拜託啦，我保證會好好學習（儘管自己也不確定要學什麼）」，經過一番苦苦哀求和死纏爛打，終於成功說服他們資助我的旅程。（還記得結果最後我在迪士尼花了一萬日圓，買了一堆擺著好看的角色吊飾，差點被揍）

於是就這樣抱持著去玩的心態（這臭小子竟然騙爸媽）參加了教育旅行的活動，用著只會講卡哇伊、喔伊細、喔嗨喲的破日文。和姊妹校的日本 JK（Jyoshi Kousei：女子高生）交流後，我很快發現自己像啞巴一樣。牙敗，根本無法正常溝通啊啊啊啊！不是因為我英文太破（只會「How are you, I'm fine, Thank you, And you.」），就是遇到對方的英文講太好，我聽不懂。畢竟當時的五十音對我來說還是鬼畫符欸！

經過了這次的打擊，我決定之後一定要來好好學日文。

第一是想雪恥自己曾經像個啞巴，完全無法溝通有夠丟臉；第二則是日本 JK 實在是太可愛了（大家應該能理解重點在哪）。但礙於課業的關係，一直都沒有時間來好好學，也就慢慢把這件事給忘了。後來到了高二，抓著報名表又去了一次（謝謝爸媽 x2）。

這一次就有明顯的進步，我已經能夠流利地說一句日文了：「一緒（いっしょ）に写真（しゃしん）を撮（と）ってもいいですか？」（可以跟你一起拍照嗎？）雖然只是用羅馬拼音死背，但這已足以用來搭訕日本高中生。還有遇到危險要喊「助（たす）けてください」（救命啊）。

聽起來比起高一，確實有種大幅 Level Up 的感覺對吧？實際上也拍到了很多ツーショット（兩人合照），甚至成功呼救……（喔，不對，這個沒有，要也是被我搭訕的人喊救命），但更大的問題還在後面。

到了高二，我的目標變得更明確：就是想交到日本朋友（最好是女生）！所以這次參訪回來台灣之前，有好好的跟姊妹校的學生們要到聯絡方式。當時大家就都已經用 LINE 在聯絡了，但問題是⋯⋯首先、我不會打日文（就算用羅馬拼音也一樣），第二、對方打了什麼我也看不懂，只能把想說的話用中文丟到 LINE 中日翻譯的帳號（必須說那時候的翻譯品質真的不太理想），然後再把對方的日文複製下來，一字一句地看看到底是什麼意思。在這樣的狀況下，我幾乎無法正常和妹子溝通。

從那一刻起，我決定當下就開始學好日文（雖然是一個非常突然的決定）。值得一提的是，因為第二次去日本時已經開始接觸日劇和 J-POP 還有日本偶像（那時候剛好是橋本環奈、森川葵、ano

崛起的時代），對日本的娛樂文化也萌生出興趣，這些都促使我下定決心學好日文。這個階段可以說是我人生的轉捩點。回歸高中生活後，我清楚地意識到自己的興趣已經發生了變化。

不過，有個非常現實的問題，就是上高中後，我一直是理科班的學生。數學、物理、化學是我的強項，而國語、英文、社會就超爛，所以我猶豫了很久，到底該不該放棄既有的升學優勢呢？

經過了七七四十九天的考慮，我決定追尋我的日文夢。至於原因嘛……我想是因為小時候（高中算小時候嗎）想法太過天真，不是讀書就是吃喝玩樂，還沒考慮到現實層面的問題，例如對未來找工作有沒有幫助啊、薪水高不高啊，諸如此類的正經事。但有時候擔憂太多反而會成為前途的絆腳石。現在回頭想想，覺得還好以前的我腦袋夠簡單的，沒有想太多。

再來還有一點是，雖然數理確實是我的強項，學起來也很有成就感，但當我第一次學日文時卻有前所未有的愉悅感，讓我有種像是挖到了一個人生寶藏的感覺，腦袋中有股聲音告訴我：「選我！選我！」

於是，在高三面對升學的抉擇時，我毅然決然地選了日文系。這個決定既是一種挑戰，也是對自己興趣的一種追求。雖然高中老師們都希望我可以繼續把數理好好唸下去，但我還是選擇去唸淡江大學日文系。會選淡江的原因也很單純，只是實在很懶得再搞什麼申請入學，還要跑去各個大學面試超麻煩，所以當初看到繁星計畫剩哪間日文系可以填就給它填上去了。曾經一度懷疑過自己如此草率的決定是不是正確的，不過現在回過頭來看，一切都是最好的安排。

但也必須說，當初高中班導跟我說的那句：「日文也可以自學喔！」即使到現在我仍然覺得他說得對，因為我在日文系開學之前的暑假期間，就靠著出口仁老師的日文學習教材成功把N5單字和文法學完了。

不開玩笑，剛進日文系發現要從五十音學起時，真的超開心，因為上課都可以摸魚……欸不是啦！我是說上課都可以好好複習暑假學的日文（汗）。不得不承認，日文系對我來說真的是很舒適的學習決定，不但進度超前，上課可以很輕鬆理解內容，而且每天除了學日文還是學日文，根本樂此不疲。一直到大三準備交換留學才發現……原來日文的世界跟我想像得很不一樣！

交換留學的語言奇蹟

日文系大三，陰錯陽差（？）踏上橫濱留學之路

在我們大學，大二時可以申請一個國際處的交換留學，門檻相對於系上交換來得高，要達N2程度才能申請（在大一暑假就賽到N2的我表示開心），且需要跟系主任面試。還記得年少輕狂的我，想著大家面試感覺都在講差不多的內容，滿無趣的，於是我就在面試當天準備了一首日文饒舌歌，直接唱給系主任聽……想想還真是勇氣可嘉，要我現在搞這套還沒有這個恥度咧。結果不出所料的，就這樣被刷掉了。（對，可惜沒有奇蹟發生）

還好有個保底的選項，就是日文系上的交換留學。到了大三基本上會有一半的同學選擇留學一年的計畫，分發順序則是照成績決定，幸好有日本神明（？）保佑，我的排名還算可以，有選到在日本偏差值算不錯的橫濱國立大學。

那時候真的很像一個鄉巴佬，完全不知道橫濱在哪裡，只知道是神奈川縣，所以被老師問到為什麼想去那裡留學時，我的回答竟然是：「因為想去看灌籃高手的平交道」（事後我才知道那在鎌倉，離學校根本超級遠）。還記得當時信心滿滿，想說可以去那裡體驗日本電影式的生活，然而，當初的自信卻在抵達日本後迎

來了一場挑戰。

聽力與口說的荒謬挑戰

日本公車上的廣播連一句都聽不懂──沒錯，這就是我一到日本所面臨的挫折。我把留學生活想得太簡單、太美好了。

過去總在各種大大小小的考試中嘗到成就感的我，根本沒發現筆試和日常生活根本是兩回事。在日本生活不會要你學會怎麼考試，而是在於聽不聽得懂對方說話，以及知不知道怎麼回應。

說白了，就是你的聽跟說要夠好！平常在大學考試都著重在讀跟寫，也不是說沒有開口練習的機會，只是常常跟著唸一次就結束了，腦袋雖然都有把用法記起來，但實際上到了真正要輸出（說話）的時候就卡住了。

接著我意識到對於我這種懶人來說，比起主動去找東西學習，直接創造環境還比較快，你看這機會不就來了嗎？現在人都在日本了，我當然是直接把我的環境都變成只講日文啊！但到底要怎麼做才好呢？這個難題一直等到我留學兩週後的學園祭，才終於得到了答案。

勇敢嘗試的跳舞社團

由於我是10月入學，剛好有跟上學校11月的常盤祭（我們學校學園祭的名稱～）。這個時段剛好會遇到很多社團的招生，然後，嗯……跟大家老實說一件事，我去交換之前的計畫書填的是我要去日本學將棋文化（因為那時候看了一部叫作《**りゅうおうのおごと！**》（**龍王的工作**）的動畫，所以只好先跑去將棋社交流體驗一下。

結果發現好像沒辦法有太多日常對話（？）於是就放棄了。後來看到晚上廣場有跳舞表演，去看發現不得了！也太帥了吧？我要不要來學看看？

結果隔天我就在社團裡練習了（效率 100%）。我加入的跳舞社團叫ルード（R3ude），是個混合了不同大學的跳舞社團，現役社員有大一到大三的學生，總社員一百人起跳。

這時就能完全體現「環境使人成長」，裡面全是日本人，我當然不可能跟他們說中文，於是每天強迫自己把跳舞術語、口說練好，不然隔天你根本不知道要怎麼加入他們的練習。主要是我有意識到自己是屬於沒辦法單純靠著自律來精進自我的人，才會用這種方式推自己一把。

關於如何讓自己進步？我會拆成兩種情況。首先看你是屬於主動型還是被動型：基本上「主動型就會自己找各種教材去自主學習」，用不著擔心；比較麻煩的就屬我這種被動學習的人類了。必須要有人盯著你、或不做就完蛋的 Deadline 才甘願去做的「不見棺材不掉淚」心態，就非常適合用這種「被動型」學習，把你綁住來逼著去學的方法。

除了把自己綁在社團，花錢買日文小說（都花了錢不能不看）、選修日本的通識課（修不過會被當）都是可行的方式！當然，也要視你的能力來評估，而不能一味選擇太過艱難的任務，例如程度只有 N3 卻要跑去修 N1 的課，那你的裝備當然還不夠！一定會被 BOSS 收拾掉。

交流會與志工活動，拉近距離

除了社團，我也積極參加了不少東京的台日交流會和志工活動。先說交流會的部分好了，雖然叫作交流會，但在我看來卻有點像相親大會（？）。

參加者大部分都是上班族，幾乎很少看到學生，跟社團活動的感覺很不一樣。聊天的話題通常是「在做什麼工作」、「好想趕快找到另一半」之類相對比較現實面的問題（現在的我實在很不想聽到這些。以前還在當快樂的學生所以完全不痛不癢，當時就是一副「反正還沒輪到我」的嘴臉），因此也學習了不少不同領域的日文，甚至還認識了幾個很厲害的在日台灣人。還記得其中有一個是在東大教書，另一個在教中文跟日文的老師，都是超優秀的人才，聽到就覺得「天啊！看來我以後也要加倍努力才行」，除了能遇到很多好的典範之外，也順便激起了自己學習的動力。

此外，在留學期間我還參加了大學的一個志工計畫，目的是要幫助住在日本的混血國中生快速融入校園生活。這個活動真的很有意義，因為老師們了解到跟隨父母親到新環境上學一定會有很多不安、難以適應的地方，這時學校便想到可以邀請我們留學生一起舉辦一個交流活動，藉由透過和學生們互動的方式，打破他們的心防，互相分享自己是怎麼學日文的，以及對於在日本生活

有沒有什麼想法，然後在最後讓這些學生們做出一個屬於自己的「自己紹介（じこしょうかい）」，並在課堂上上台跟同學們分享。看到一步一步和學生們互動，引導他們說話，再到後面大家一起產出一份作品，超級感動！

讓我吃驚又挫折的就是，我負責的中日混血國二小男生日文超級好（畢竟媽媽是日本人）！我們的任務是指導他們講日文然後寫下來，結果發現怎麼跟原本想像的不太一樣……根本是反過來，他要教我日文才對吧！好勝心作祟的我想著一定要趁這一年的「沉浸式日文體驗」追上小男生的日文程度！最後雖然沒有像他一樣ペラペラ（講得很流利），但確實因為這次的「打擊」讓我意識到學語言真的是需要持之以恆，即使沒有日文環境，仍然要養成每天碰一下的習慣，才會有明顯的成長。

隨著時間的推移，「原子習慣」也確實發揮了作用。當初連公車上的廣播也聽不懂的我，竟然還能流利的跟日本人講電話！最好笑的是，有一次一起去留學的朋友和幾個日本學伴出門玩，剛好聊到獺獺，結果日本學伴說一開始真的聽不太懂我的日文（明明在台灣學了兩年的說……ぴえん哭哭），但現在完全能夠正常對談，他們都嚇到，而且是半年前跟半年後對比特別明顯！這也說明了，努力不一定是馬上就看得到成果的，每天只成長一點可能沒有什麼感覺，甚至會有種感覺自己退步或停在原地打轉而開始

焦慮。

透過我的故事,我想告訴你,**焦(あせ)らなくていいよ(不用著急)**!一天、一個禮拜沒感覺很正常,等到一個月、兩個月後再回頭看,你會發現成長的果實竟然已經默默發芽。

回到台灣後,我更驚喜地發現自己的語言能力已經超出了教科書上所學到的範圍。這不僅是對語言能力的提升,也是一段內化過程。我學到的不僅僅是單字和文法,更多的是對於日本文化的深刻理解。這趟留學旅程帶給我遠比語言能力提升更多的收穫。

現在回想起來,還是覺得一切都是最好的安排(包括用饒舌面試被刷掉)。橫濱的交換留學之旅成為我人生中難以忘懷的一場冒險。透過挑戰自我的決心,加上「初生之犢不畏虎」的厚臉皮精神,我不僅克服了語言上的障礙,更深入體會到跨文化交流的美妙。這趟旅程教會我,學習語言不僅是為了溝通,更是為了更好地理解和融入一個文化。這是一場語言的奇蹟,也是一場人生的豐富冒險。

☆後記:現在上班之後接觸到的人越來越少,又被打回了原形,變回一個**コミュ障**(しょう)**社交障礙**就是了(哭)。

大放送 　　我的學習小撇步

畢竟整整大學四年都在學習日文中度過（真的是幾乎每天都跟日本有關係欸！不是動畫就是日文歌，不然就是日劇、日本偶像……）在這個過程中，我發現了一些對我來說還滿有效的學習方法。這些方法不僅幫助我應對日文檢定，更讓我在聽力和口說方面有了明顯的進步。以下將分享我的學習經驗，或許能夠成為其他日文學習者的參考。

1. 日檢學習：《新日檢完勝500題》＋《JLPT新日檢文法實力養成》＋《一考就上！新日檢全科總整理》

你也準備要去挑戰日檢散步（散步是考過日檢的人都很愛用的哏，源於考聽力用來測聲音大小的例句：「天気（てんき）がいいから、散歩（さんぽ）しましょう」（天氣很好耶去散步吧！）嗎？那我來跟你分享一點考過 N1 後的小小心得吧！寫考古題這種大家都知道要做的事就不另外多說，教材的部分有兩本是我很推薦的系列，不過推薦之前我要先說，假設你跟我一樣是懶人，那大概有救了，因為我就是屬於那種超懶得寫題目只想看參考書的類型。接下來就是介紹時間（非工商）啦！

★首先，第一本《新日檢完勝500題》是我考N2、N1都有在用的

參考書，它的第一個好處是易讀，不會太大本，很可愛，還會有松鼠、猴子、貓頭鷹的插圖陪你學習（完全偏離重點），重點是排版十分乾淨！每一頁都會有3題的「文字」、「語彙」、「文法」題目，然後你作答完，一翻頁在背面就是這3題的解答跟解析，甚至還有延伸用法的補充！按照官方的讀書計畫「一天20分鐘、15道題」的進度來推進的話，大概一個月左右可以讀完。但其實一天大概可以花一個小時看題目，所以差不多只要花兩週，剩下就是慢慢複習做錯的題目。因為真的很輕鬆，做完一題後隨時想停就停，完全沒什麼壓力。常常在很懶惰的時候，告訴自己不然來看個一題吧！結果打開書一不小心就翻了十幾頁。

★第二個要跟大家推薦的是Hiroshi老師的《JLPT新日檢文法實力養成》系列，推這個的理由非常簡單，因為一般的文法教科書例句根本無聊到讓人想睡，但Hiroshi老師的文法書就不一樣了，會用一些很生活化，甚至是很浮誇的例句，像是在介紹「～うちに（は）入（はい）らない」(根本就不算～的意思) 時，老師造的例句是「僕（ぼく）に言（い）わせれば、手（て）を繋（つな）ぐぐらい、浮気（うわき）のうちには入（はい）らない」(要我說的話，牽牽手這種根本不算是外遇)。有點北爛，但還真的滿好記的，邊看邊吐槽，還不小心就記了不少文法，真的很推，反作用是常常笑到很累（讀個日文而已居然要這麼辛苦）。

★ 再來是第三步，等到考前倒數一個月，我會開始讀《一考就上！新日檢全科總整理》系列，這本會把單字、文法、讀解、聽力（但聽力我沒聽，用的是等一下會介紹到的另一種方法）都幫你彙整在一起，章節後面還會有小測驗，讀起來也超級方便。裡面有的單字文法出現在日檢中的機率還算高，所以也很推推！

最後額外補充一個叫「日本語（にほんご）の森（もり）」的 YouTube 頻道。是一個幫助外國人學習日語的團隊，常會在考前一個月左右開始講解各級數的日檢模擬題。

因為是專為外國人設計的頻道，所以即使用日文講解，也都會用比較簡單易懂的日文，語速也不會過快，很適合N3程度以上的人，順便練習聽力的概念！尤其他們在文法上提供了清晰而深入的解說，能讓我更迅速掌握各種文法結構。例如像介紹N1、N2的文法時，就會使用N3到N5用法相似的文法來講解，然後再比較類似文法的用法差異，讓你考試前不會再搞混。

這部分推薦直接去找他們的播放清單，都有整理成一系列（只有N3到N1），可以分批把它看完，相信你腦袋瓜裡的文法庫一定會變得超齊全，聽力當然也會有一定程度的提升！

2. 聽力提升：Podcast 新聞節目──NHK RADIO NEWS

包括我在內，應該有很多人每次考完聽力都是一臉絕望，「所以他剛剛到底是在供さん小朋友？！」相信一定不是只有我會這樣 murmur。直到有天在 Apple Podcast 裡看到了 NHK 的新聞頻道。點進去聽之後，我發現這節目真是不得了！我居然沒有一句聽得懂⋯⋯（是不是以為我要說什麼很驚人的發現）。

但聽著聽著開始有種熟悉感，咦！這不就是 N1 或 N2 考日檢聽力的感覺嗎？！意識到這件事的我，決定來挑戰看看從零開始聽懂！其實過程中大概只有第一天最痛苦，第二天慢慢聽得懂每則新聞的幾個關鍵單字，然後就漸漸知道這則新聞在講什麼主題。到了第四、五天就可以聽懂一大半，加上 NHK 的主播都是經過專業訓練，發音標準乾淨，很難有整句黏在一起聽不太懂的問題。

不過這邊有個前提！就是聽的時候不要做別的事，不然等於白聽。一定要好好的在一個不會分心的情境下聽才有效，不然只是浪費時間罷了。沒聽到又要重聽一次，效率會直接砍半！反正平常最短一集也才 5 分鐘，為了你的聽力忍耐一下啦！

如果你覺得直接用聽的太難了，也可以考慮先用「NHK WORLD

-JAPAN」有畫面的新聞開始，可以把它想成是有畫面的NHK RADIO NEWS！

3. 初學者的輔助工具：Duolingo（多鄰國）—— 遊戲型語言學習 APP

在 IG 或 LINE 上被最多朋友問到的問題（起碼占了 80%！）大概就是「獺獺我五十音都背不起來，怎麼辦？」或「獺獺我最近剛學完五十音，請問下一步要怎麼做？」了。

首先，這兩者的共通點就是：其實等級上來說都歸類在初學者。所以基本上就算是學完了五十音，並不表示已能完全運用。因此我會建議剛學完五十音的人，就乖乖地從 N4 到 N5 的單字開始

下手，好好的把它們背起來吧！在背單字的過程中你就會發現，也許你把「ぬ（nu）」跟「ね（ne）」搞混，看不出來有哪裡不一樣（我剛開始超常搞錯的），不知道狗到底是「いぬ（犬）」還是「いね（稻）」；也別忘記就算搞定了平假名，後面還有片假名這個大魔王等著你：開始分不清楚「ソ（so）」跟「ン（n）」、「シ（shi）」跟「ツ（tsu）」到底該如何分辨。（大一考五十音片假名聽寫，結果這兩組我都把它寫相反了，超崩潰）

你會發現學五十音光是背起來還不夠，是真的要用到很熟，才能分辨幾個像到還以為是雙胞胎的符號。但背五十音的過程實在有夠枯燥乏味，不要說是你，連我都看到快睡著。所以最好的辦法還是能結合遊戲的方式來增加接觸的時間，大腦才不會認定他是一個無聊的東西，這時 Duolingo（多鄰國）就是你最好的朋友啦（搞得很像業配一樣）！Duolingo（多鄰國）是一款免費的語言學習 APP，它會用遊戲的方式讓你去練習想要接觸的語言，像是用排名賽、好友協力、累積經驗值、送你鑽石的方式吸引你去玩每個小單元。

甚至還有每日的連勝挑戰，讓你不太容易會斷掉每天的練習（例如你學到第 100 天了，應該會想讓這個紀錄持續下去對吧）。藉由這個有趣的學習方式，相信會是培養五十音辨識能力和熟悉 N4 到 N5 單字的最佳途徑。

不過要補充一點：這個APP比較適合初學階段的朋友。如果是要更進階挑戰單字以外的句子重組或翻譯，就比較沒那麼建議了，因為在這部分做得比較像Google翻譯的感覺，就跟一般教科書的句子一樣生硬，而且在造句上也比較不靈活（日文中同個句子可能有好幾個表達方式，也可以倒裝），所以我沒有很推薦，但如果要背單字跟五十音，這一定是個優先的選擇！

4. 口語練習：シャドーイング（Shadowing）

即使考試準備好了，也不代表你變得比較會「講」日文！畢竟考試的東西跟日常口說還是有點差別，加上要讓口說更加流利，我推崇「シャドーイング」（跟讀）的練習方法。這種方法不僅幫助你模仿正確的發音，更能夠訓練嘴部肌肉的記憶，提高口語表達的流暢度。可以從簡單的日常會話開始，逐漸挑戰更高難度的內容。這種模仿的學習方式能夠迅速提升你的口語表達能力，讓你能夠更自信地和日本人交談。

至於教材到底要選哪套呢？我推薦今泉江利子老師的「Shadowing跟讀法系列《神奇打造日語表現力》、《從日常強化日語談話力》」這兩本書，裡面都是日常生活中實際會用到的句子，而且幾乎每種場景都有！不管是出去玩、面試、工作、交朋友、還是買東西，只要練習完這本，幾乎都能馬上運用到。

而且很多情境不只一種表達方式,在這邊可以學習到更多的用法,不會讓對方覺得說「怎麼講來講去都是這句啊?」每個章節後面也有文法或口語單字的補充,除了口說以外還能補充到很多日文知識;或是跟你解釋這句話為什麼日本人會這樣說,以防你就算把句子記起來卻不知道原因。

由於跟讀就是以一般日本人的語氣在說話,語速不會像平常上課時老師們用的慢速。剛開始一定會很不習慣,不過不要擔心,幾乎大部分的人一開始都是這樣的,在我大一時老師就有教過類似的作法,但對於初學者來說門檻真的比較高,畢竟剛學會五十音不久,要辨識單字怎麼唸都來不及了,這樣是要怎麼跟上原始的語速?

這時候你可以回頭想一下剛學會講話時,是不是也沒有看著課本呢?只要先憑藉著耳朵聽到的(輸入),再照著唸一遍出來(輸出),然後就慢慢有了印象,再去對應當時的情境來判斷這次聽到的單字或句子是什麼意思。影子跟讀法也是類似的概念,好消息是,你不用像以前一樣需要重新判斷情境來讀解意思,你可以在知道語句意思的情況下練習,主要差別只在於你還沒辦法跟上速度而已。

因此一開始練習,可以先把整段對話聽一遍,稍微有印象後,再

把一整段落落長的對話拆解成好幾個碎片,一個一個重新聽一遍,然後「慢慢的」唸出來。這時候可以先不要看台詞,憑印象唸出來就好,等到後面嘴巴有了記憶就可以慢慢加速,通常練習到第三遍就可以跟上原本的語速了。接著再把這些碎片全部合併起來,變回原本的對話來練習。

這時候可以開始看著台詞來唸,畢竟太長肯定會忘記,然後盡量跟上音檔的速度,基本上練習就告一段落了。剩下就是用上述的方法每天規畫至少練習一遍前一天的對話,以及一篇新的對話,先試個一週看看,相信你一定會發現新世界的(如果沒用,那就兩週!)。

後記
找回最初的你，
重新感受學習的熱情吧！

聽過我的讀書心法後，現在回來說說「你自己」吧！你是為了什麼決定學日文的呢？我相信每個人都有屬於自己的理由，但仍然會因為學習的路上遇到挫折或感到枯燥而開始考慮是否要選擇放棄。

有時候可以回去那個最開始的你，不要被綁住，找回那個喜歡日本文化的你，而不是討厭的單字和文法考試。暫時放下所有讓你不快樂的學習，只挑你想看的東西看吧！不管是動畫、漫畫、日文歌、日劇、偶像訪談都好。

這就好比把興趣當作工作一樣，如果把學日文當成考試檢定，誰都會受不了吧！為了保持當初的熱忱，你必須盡可能達成一個平衡點，若要我選擇傾向其中一側，我寧可選擇興趣，也不要讓我對語言的熱情消磨殆盡。

當然，如果是短暫為了衝刺 N1 證書這種目標，那也要把它當成「特別的事」。要明顯和「你喜歡日文」這件事區別開來，當作另一個里程碑來努力（想著可能是為了未來升學或是工作必須做的事），這樣也就不用在天秤兩側來回掙扎了。

最後，我希望你能記得「在學習的路上有你有我，你永遠不是一個人。」

一起完成我們的日文夢吧！

さあ、始めようぜ！

www.booklife.com.tw　　　　　　　　　　reader@mail.eurasian.com.tw

Happy Languages　169

小水獺的日文魔法筆記：

有趣漢字×慣用語×流行語，日文輕鬆 Level Up！

作　　者／獺獺
繪　　者／ミン MIN
發 行 人／簡志忠
出 版 者／如何出版社有限公司
地　　址／臺北市南京東路四段50號6樓之1
電　　話／（02）2579-6600・2579-8800・2570-3939
傳　　真／（02）2579-0338・2577-3220・2570-3636
副 社 長／陳秋月
副總編輯／賴良珠
責任編輯／張雅慧
校　　對／柳怡如・張雅慧・獺獺・ミン MIN
美術編輯／林雅錚
行銷企畫／陳禹伶・林雅雯
印務統籌／劉鳳剛・高榮祥
監　　印／高榮祥
排　　版／陳采淇
經 銷 商／叩應股份有限公司
郵撥帳號／18707239
法律顧問／圓神出版事業機構法律顧問　蕭雄淋律師
印　　刷／國碩有限公司
2025年7月　初版

定價 380 元　　ISBN 978-986-136-738-5　　版權所有・翻印必究
◎本書如有缺頁、破損、裝訂錯誤，請寄回本公司調換　　Printed in Taiwan

一本可以讓你輕鬆學日文,而且不會越學越討厭,
或是看到一半就打起瞌睡的日文學習書。
不正經但保證實用!收錄日本人日常交流的用語,
包你笑著笑著就寄記住,一開口就讓人刮目相看。

──《小水獺的日文魔法筆記》

◆ 很喜歡這本書,很想要分享

圓神書活網線上提供團購優惠,
或洽讀者服務部 02-2579-6600。

◆ 美好生活的提案家,期待為您服務

圓神書活網 www.Booklife.com.tw
非會員歡迎體驗優惠,會員獨享累計福利!

國家圖書館出版品預行編目資料

小水獺的日文魔法筆記:有趣漢字×慣用語×流行語,日文輕鬆Level Up!/獺獺作.
-- 初版. -- 臺北市:如何出版社有限公司,2025.07
240面;20.8×14.8 公分. -- (Happy languages;169)
ISBN 978-986-136-738-5(平裝)

1.CST:日語 2.CST:讀本

803.18   114006230